BEHERZTE RETTUNG

KRIEGSJAHRE EINER FAMILIE

MARION KUMMEROW

ANNETTE SPRATTE

Beherzte Rettung — Kriegsjahre einer Familie, Band 5

ISBN Printversion 978-3-948865-15-3

Herstellung und Verlag:

Marion Kummerow
Weißtannenweg 7
80939 München

Übersetzung: Annette Spratte

Titelbildgestaltung: http://www.StunningBookCovers.com

Dieses Buch basiert auf historischen Begebenheiten, historische Persönlichkeiten und Vorfälle wurden sorgfältig recherchiert und wiedergegeben.

Die Namen der Hauptpersonen und die Handlung sind frei erfunden. Ähnlichkeiten mit lebenden oder realen Personen sind rein zufällig.

INHALT

NEWSLETTER

Wenn Sie Hintergrundinformationen über meine Bücher haben wollen, oder wissen möchten, wann das nächste erscheint, tragen Sie sich hier in meinen Newsletter ein:

https://marionkummerow.de

KAPITEL 1

November 1943, irgendwo in der Nähe von Minsk, Weißrussland

Richard Klausen stapfte mit halb erfrorenen Füßen in durchweichten Lederstiefeln durch den kniehohen Schnee. Nichts widerstand den Minusgraden des weißrussischen Winters, schon gar nicht die zerfledderten Stiefel und unzureichend wärmenden Uniformen, mit der die Wehrmacht ihre Soldaten ausstattete.

Seine Hose reichte ihm nur bis zur Mitte der Waden und war schon öfter geflickt worden, als er zählen konnte. Der Stahlhelm hielt die eisigen Windböen nicht von seinem Kopf fern und wie so viele seiner Kameraden hatte er sich ein Unterhemd um den Kopf gewickelt, um einigermaßen geschützt zu sein.

„Verdammt“, fluchte Richard, während er und Karl sich gegen den Handkarren stemmten, der in einer Schneewehe feststeckte. Schweiß rann ihm über das Gesicht und brannte in den Augen. Diesen mit Nachschub voll beladen zu bewegen, war die reine Hölle. Seit zwei Tagen kämpften sie gegen die Russen und heute Morgen hatte Oberstleutnant Schottke sie beide – zusammen mit einem Dutzend gehfähiger Verwundeter – zum Lager geschickt, um mehr Munition, mehr Essen, mehr Sanitäter, mehr Verbandszeug, mehr von allem zu holen.

Richard hoffte nur, dass sie das Schlachtfeld erreichten, ehe ihren Kameraden die Munition ausging. Letztes Jahr, als er frisch eingezogen worden war, war alles anders gewesen. Die meisten Soldaten waren vor Begeisterung fast geplatzt und hatten einen Sieg gegen die Rote Armee nach dem anderen eingeheimst. Die Versorgung war reichlich gewesen und der Nachschub kam immer pünktlich.

Aber jetzt? Die Wehrmacht war auf dem Rückzug, eine Division nach der anderen brach unter den Angriffen zweier unterschiedlicher, aber gleichermaßen tödlicher Feinde zusammen: die Rote Armee, die mindestens zehn zu eins in der Übermacht war, und der brutale russische Winter.

Da der Nachschub wo auch immer feststeckte, konnte sich jeder Soldat glücklich schätzen, der wenigstens ein paar passende Stiefel ohne Löcher besaß. Inzwischen wartete sogar der letzte funktionierende Laster ihrer Division auf eine Diesellieferung, um wieder in Gang gesetzt zu werden.

„Auf drei schieben!“, sagte Karl und gemeinsam warfen sie sich gegen den Handkarren. Ächzend und quietschend kroch er schließlich aus der Schneewehe.

„Gut gemacht, mein Freund“, sagte Richard, während sie gemeinsam den Karren hinter sich her zogen.

„Wenn wir dieses Tempo beibehalten, werden wir unsere Kameraden nie erreichen ...“ Karl rieb sich das stoppelige Gesicht mit der freien Hand. Die meisten Männer hatten den Luxus des Rasierens vor Langem aufgegeben. Schützengräben und Eitelkeit passten nicht gut zusammen. Abgesehen davon bot ein Bart etwas Schutz vor der beißenden Kälte.

„Sag das nicht. Wir kommen gut voran. Ich kann sie schon hören“, sagte Richard.

Als ob es seine Worte bestätigen wollte, dröhnte das Geräusch von MG42-Maschinengewehrfeuer durch die Luft. In der darauffolgenden Stille hörten sie, wie ihr Kommandant, Oberstleutnant Schottke, Befehle bellte. Karl und Richard verdoppelten ihre Anstrengungen, um ihren Kameraden den heiß ersehnten Nachschub zu bringen. Plötzlich zerschnitt ein unverkennbares Heulen die Luft.

„Stalinorgel“, schrie Richard und ging in Deckung. Die Katjuscha-Raketenwerfer wurden Stalinorgeln genannt, weil der Aufbau an eine Kirchenorgel erinnerte. Das markerschütternde Pfeifen war der schlimmste Albtraum eines jeden deutschen Soldaten. Mit ihrer Fähigkeit, innerhalb von Sekunden mehrere dutzend Raketen abzufeuern, war die Stalinorgel eine der gefürchtetsten russischen Waffen.

Der Kampf tobte unvermindert weiter – Gebrüll, Krachen, Schreie, lediglich unterbrochen durch das Getöse von Schüssen und Granaten, einige Minuten später gefolgt von der nächsten Salve von Katjuscha-Raketen. Sich aus der Deckung zu wagen, hätte den sicheren Tod oder zumindest Verwundung bedeutet.

Die Zeit schien stillzustehen, während Richard und Karl reglos in einem Graben lagen. Die Kälte kroch ihnen durch die Kleidung in die Knochen und versuchte, ihnen das Leben aus dem Leib zu saugen.

Richard ballte angesichts seiner Hilflosigkeit die Fäuste. Der Munitionsqualm hing in einer dichten Schicht über dem Boden und drang in Richards Nase und Hals, bis er röchelte und sich sicher war, dass die giftigen Dämpfe ihn ersticken würden. Eine verirrte Rakete traf den Handkarren; eine weitere jagte nur ein paar Meter entfernt einen Baum in die Luft. Der Wind peitschte und heulte, während der feurige Angriff die Erde verkohlte.

Als die Dämmerung über der Taiga hereinbrach, hörten die Kämpfe endlich auf. Richard kroch aus dem Graben und wurde

Zeuge eines überwältigenden Anblicks: Vor ihm lag ein einziges Feld der Verwüstung. Sein Bataillon war ausgelöscht worden. Die wenigen überlebenden Kameraden wurden mit erhobenen Händen abgeführt.

„Alle weg", sagte Richard mit gebrochener Stimme und kroch zurück in den Graben.

Karl riss nur die Augen auf und nickte. Stille breitete sich aus, während beide überlegten, was die Konsequenzen ihrer Erkenntnis waren. Die Erleichterung, noch am Leben zu sein, vermischte sich mit Schuld und Selbstzweifeln. *Wenn wir uns mehr angestrengt hätten, eher angekommen wären ...* Sein Verstand sagte Richard, dass ein paar zusätzliche Waffen und Munition keinen Unterschied gemacht hätten. Es hätte den Kampf gegen einen übermächtigen Feind nur verlängert, aber sein Herz sagte etwas anderes.

Nach einer Weile räusperte sich Karl. „Knochensammlung." So nannten sie die schmerzliche Aufgabe, nach verwundeten Kameraden zu suchen.

„In der Tat", antwortete Richard und rappelte sich vom gefrorenen Boden hoch. Sie schritten das Schlachtfeld ab, aber der Russe hatte ganze Arbeit geleistet und nur verstreute Leichen hinterlassen. Es begann zu schneien und der Schnee legte sich wie eine Decke der Scham über die Verwüstung.

Ein qualvolles Jammern zerriss die eisige Stille der kalten Winterluft. Richard und Karl rannten auf das Geräusch zu und fanden einen der Ihren auf dem eisigen Boden liegend, kaum mehr als ein blutiger Haufen, dem die Extremitäten fehlten.

Richard kämpfte schon lange genug an der Front, um zu wissen, dass der Sensenmann bei diesem Mann bereits an die Tür klopfte. Er konnte nicht mehr tun, als seine Wange zu streicheln und zu warten. Er setzte sich neben seinen Kameraden und fing an zu reden, erzählte Geschichten von besseren Zeiten, reichlich Essen, warmer Kleidung, schönen Mädchen. Wenige Minuten später rasselte der Atem des Verwundeten und ... blieb aus. Richard stand auf und schüttelte zornig dem Himmel seine Faust entgegen.

Dunkelgraue Wolken ballten sich zu einem fieberhaften Knäuel zusammen, ohne einen anderen vorstellbaren Zweck, als der fahlen Sonne am Horizont jegliches Licht und Wärme zu rauben.

„Hier gibt es nichts mehr für uns zu tun. Lass uns gehen", sagte Richard und nahm Karls Hand, um den Trost der Nähe eines anderen Menschen zu spüren.

Wortlos schleppten sie sich zurück zum Lager, um von der Auslöschung ihres Bataillons zu berichten. Doch als sie das Lager erreichten, war dort nicht mehr als ein leeres Feld. Das gesamte Lager war dem Erdboden gleichgemacht worden.

Richard brach auf dem gefrorenen Boden zusammen. Schluchzen schüttelte seinen ausgemergelten Körper. Er war am Tag seines siebzehnten Geburtstags in diesen grässlichen Krieg einberufen worden. Das Gesicht seiner Mutter tauchte vor seinem inneren Auge auf. Sie hatte versucht, ihre Tränen zu verbergen, als sie sich von ihrem einzigen Sohn verabschiedet hatte, als er davongezogen war, um in Hitlers Wehrmacht zu dienen.

Auch seine drei Schwestern, Ursula, Anna und Lotte, hatten tapfer dreingeschaut, aber sie konnten ihm nichts vormachen. Lotte, nur ein Jahr jünger als er, hatte ihn in die Schulter geboxt und gedroht: „Du bleibst besser am Leben, oder ich werde persönlich dafür sorgen, dass du es für den Rest deines Lebens im Jenseits bereust, gestorben zu sein."

Die Erinnerung an seine hitzige, freche Schwester ließ ihn lächeln. Sie auf dem falschen Fuß zu erwischen, war nichts, was er wollte, also sollte er sich besser darum kümmern, diesen Mist zu überleben.

„Wir müssen weg von hier", sagte Richard.

„Aber wohin denn?" Karl saß mit hängenden Schultern auf dem Boden, während sein Kopf vor und zurück wippte.

„Ich weiß nicht. Nach Westen. Wir müssen eine andere Division finden und uns denen anschließen", sagte Richard, die Uniform starr vor Dreck und voller Flecken vom Blut des verstorbenen Kameraden.

„Hmmm ..." Karl warf Richard einen Blick zu. „Hmmm ..." Die Zeit direkt nach einer Schlacht war immer die Schlimmste. Das Gefühl von Verlust und Trostlosigkeit konnte den stärksten Soldaten umhauen. Richard konnte nicht zulassen, dass sein Freund sich in seiner miesen Stimmung suhlte.

„Steh auf, Schwachkopf, wir haben etwas zu erledigen!"

Karls Augen blitzten bei der Beleidigung auf und er hob eine Faust. „Haben wir das? Und seit wann bist du hier der Chef, Arschloch?"

„Seit du in Selbstmitleid ertrinkst. Schieb deinen faulen Hintern hoch und hilf mir, nach etwas Essbarem zu suchen", brüllte Richard seinen Freund an, der den Hauch eines Grinsens zeigte, ehe er aufstand.

„Essen. Das ist mal ´ne Ansage."

Gemeinsam durchsuchten sie die Überbleibsel des Lagers und fanden reichlich Essensreste in der Nähe dessen, was einmal die Feldküche gewesen war.

Sie stopften sich mit Brot, Trockenfleisch und gekochten Kartoffeln in solchen Mengen voll, wie sie seit Monaten nicht gegessen hatten, und füllten ihre Tornister mit so vielen Lebensmitteln, wie sie tragen konnten. Dann plünderten sie alles, was sie sonst noch brauchen konnten: Waffen, Ersatzmunition, warme Kleidung.

„Wir müssen tun, was zu tun ist", sagte Karl und zog einer der herumliegenden Leichen den dicken Mantel und die Wollsocken aus. Richard tat es ihm gleich und verdrängte alle Gedanken an Pietät. Die gefallenen Kameraden hatten keine Verwendung mehr für irdische Wärme. Aber er und Karl würden in den Lumpen, die sie am Leib trugen, keine Nacht draußen überleben.

Mit je drei Paar Socken und zwei dicken Mänteln ausgestattet, kauerten Karl und Richard sich in einen Graben und beteten, dass sie die Nacht überstehen würden. Bei Sonnenaufgang würden sie ihre Reise ins Ungewisse antreten.

Richard hatte nie Soldat werden wollen. Zuhause in Berlin hatte er seine gesamte Freizeit mit der Nase in einem Buch verbracht. Egal welches Buch. Sehr zum Leidwesen seiner Schwester Lotte, die ihn immer wieder angestachelt hatte, mit ihr irgendwelchen Blödsinn anzustellen. Das war nicht ganz uneigennützig gewesen, wie er sich erinnerte, denn wenn sie erwischt wurden, bekam normalerweise Richard, der ältere und der Junge, die Strafe ab.

In der Hitlerjugend war Richard mit seiner Position am hinteren Ende der Reihe zufrieden gewesen: der kleine, schüchterne und sanfte Knabe, der unfähig – oder besser unwillig – war, mit den anderen mitzuhalten. Stattdessen wollte er in anderen die Liebe für das geschriebene Wort entfachen. Wenn dieser Krieg nicht gewesen wäre, hätte er die Schule abgeschlossen und wäre Gymnasiallehrer für deutsche Sprache und Literatur geworden.

Aber das Schicksal hatte ihm eine Wehrmachtsuniform und abgefrorene Zehen beschert.

Kaum mehr als ein unbeholfener Schuljunge, hatte man ihn in den Kampf geworfen. Die drei Wochen Training hatten da keinen großen Unterschied gemacht. Gerade genug, um eine MP40, die Standardwaffe der Infanterie, und eine MG42 sicher bedienen zu können.

Er und Karl waren die jüngsten in ihrem Bataillon gewesen, als sie dazukamen. Siebzehnjährige Jungs, im Gegensatz zu den kampferprobten älteren und erfahreneren Männern.

Jetzt waren alle weg.

Achtzehn Monate brutale Kämpfe an der Ostfront hatten einen Mann aus Richard gemacht.

Einen Überlebenden.

* * *

VON DER BEFEHLSKETTE abgeschnitten und ohne Marschbefehle beschlossen sie, so lange zu gehen, bis sie eine Eisenbahnstrecke fanden. Der wollten sie westwärts folgen in der Hoffnung, irgendwann auf eine deutsche Einheit zu treffen. Ganz sicher wollten sie nicht den Russen in die Hände fallen.

Nach vielen Tagen stumpfsinniger Lauferei am Tag und Kauern in Gräben bei Nacht fanden sie Schienen. Richard und Karl liefen noch mehrere Stunden, ehe sie das Zischen und Fauchen eines herannahenden Güterzuges hörten. Da sie nicht wussten, ob es ein deutscher oder russischer Zug war, versteckten sie sich hinter einer Hecke.

„Er trägt ein Hakenkreuz", rief Karl über den Lärm und sprang winkend auf. Der lange Zug wurde allerdings nicht langsamer.

„Lauf!", schrie Richard und rannte auf den fahrenden Zug zu, bis er einen Haltegriff an einem der letzten Waggons erwischte. Karl sprang gleichzeitig mit ihm auf und sie rangen auf der kleinen Plattform zwischen den beiden Waggons nach Luft.

„Was jetzt?", fragte Karl.

„Wir müssen rein, sonst frieren uns bald die Finger ab und wir fallen runter wie Eiszapfen."

Mit gemeinsamer Anstrengung schafften sie es, die Tür aufzustemmen und plumpsten schließlich auf die hölzernen Bodendielen des dreckigen, alten Zuges, der zweifelsfrei seine Ladung irgendwo im Osten abgeliefert hatte und jetzt auf dem Rückweg war, um mehr Nachschub zu holen. Beide waren völlig erschöpft und wurden von dem monotonen Rumpeln des Zuges in den Schlaf gewiegt.

Als sie erwachten, war der Tag angebrochen und warf sein mageres Licht auf eine unbekannte und dennoch vertraut wirkende Welt.

„Hast du eine Ahnung, wo wir sind?", fragte Richard,

während sie an ehemals malerischen Städtchen vorbeifuhren, die jetzt nur noch ein trauriges Bild der Zerstörung boten.

„Nee ... aber wenigstens ist es wärmer", antwortete Karl und schälte sich aus einem seiner Mäntel. Draußen ging ein schwerer Schneeregen nieder, der alles in düstere Schlieren tauchte.

„Wie lange fahren wir jetzt schon? Zehn Stunden? Zwölf Stunden?" Ihre Uhren hatten schon vor Monaten den Geist aufgegeben. Ob das an der brutalen Kälte der weißrussischen Taiga lag, am Qualm der Artillerie oder einer ständigen Überbeanspruchung, wusste Richard nicht. Es war ihm auch egal.

„Zwölf Stunden nach Westen, dann sollten wir irgendwo in Polen sein", sagte Karl und zeigte auf die kaum sichtbare Sonne, die durch die Wolken hindurch den Himmel hinter ihnen schwach erleuchtete. Ihre Strahlen tauchten den Schutt neben der Zugstrecke in dämmriges Licht. Straßen und Brücken hatten aufgehört zu existieren. Wohin Richard auch blickte, sah er nur Zerstörung. Aber das Leben ging weiter. Kinder spielten in den Ruinen, der Kälte und Feuchtigkeit zum Trotz.

Richard nahm das letzte Stück Trockenfleisch aus seinem Rucksack und schlang es mit geschmolzenem Schnee aus seiner Wasserflasche herunter. Die Lokomotive tuckerte mit ihrer Last im Schlepptau scheinbar endlos weiter, wand sich um Hügel und ächzte steile Pässe hinauf. Sie schepperte und pfiff vor Überlastung und Mangel an sorgfältiger Pflege und hielt trotzdem pflichtbewusst die unersättliche Kriegsmaschinerie in Gang.

„Eines Tages wird das hier aufhören, und dann kommen die Dinge wieder ins Lot", sagte Karl mehr zu sich selbst. Als er von seinem Freund keine Antwort bekam, fragte er: „Glaubst du das nicht, Richard? Dass es bald vorbei ist?"

„Vorbei für wen?", erwiderte Richard und zuckte mit den Schultern, die noch immer in dem riesigen, wärmenden, grauen Mantel steckten. Zum ersten Mal seit Wochen fror er nicht, aber sonst fiel ihm nichts ein, was ihn optimistisch stimmen könnte. Es war besser, nicht über eine unsichere Zukunft nachzudenken. Stattdessen zog er ein Notizbuch und einen Bleistift heraus, die er immer in seiner Brusttasche bei sich trug und schrieb einen Brief nach Hause.

Es war seine Art, mit der Einsamkeit und Trostlosigkeit umzugehen. Briefe zu schreiben lenkte ihn von der grausigen Realität ab und bot ihm eine Zuflucht in eine bessere Welt, wenigstens für eine Weile. Keiner dieser Briefe wurde je weggeschickt, denn er hielt sie nicht für adäquat, seine innersten Gedanken auszudrücken. Trotzdem fühlte er sich mit seinen Lieben verbunden, während er die Briefe schrieb oder immer wieder durchlas.

Liebste Mutter, meine lieben Schwestern, schrieb er. Die ruckartigen Bewegungen des Zuges verwandelten seine Handschrift in kindliches Gekritzel.

Ihr werdet froh sein zu erfahren, dass es mir gut geht und ich mit meinem Freund Karl zu unserer nächsten Mission reise. Der Winter ist ungewöhnlich kalt für diese Jahreszeit, mit sibirischen Temperaturen von minus 20 Grad Celsius, starken Winden und mehr als eineinhalb Metern Schnee.

Viel Schnee. Er erinnerte sich an das Blut auf dem Schnee.

Viel Blut. Auch wenn er sich kaum an die Details des schicksalhaften Tages erinnern konnte, blieb der Anblick von Blut und der faulige Gestank des Gemetzels in seiner Erinnerung eingebrannt.

Mach Dir keine Sorgen, liebste Mutter, ich habe einen tollen Mantel und Wollsocken bekommen, die mich warmhalten. Das Essen reicht nicht einmal annähernd an Deine herrlichen Kochkünste heran, aber wenigstens müssen wir nicht hungern.

Heute verschaffte es ihm keine Erleichterung, den Brief zu schreiben. Sein Magen zog sich zusammen bei der Erinnerung daran, dass sie die Vorräte geplündert hatten, die für ein ganzes Bataillon gedacht gewesen waren.

In Liebe,

Dein Sohn Richard

Er schloss das Notizbuch mit einem tiefen Seufzer.

Karl schaute hoch und sagte: „Ich verstehe nicht, warum du all diese Briefe schreibst und nie abschickst."

„Das verstehe ich selbst nicht. Ich … Ich will mich meiner Familie nahe fühlen, sie aber nicht in diesen furchtbaren Krieg hineinziehen ..."

KAPITEL 2

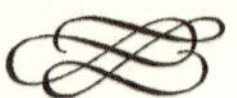

Nach einer vierundzwanzig-stündigen Reise durch verschneites, zerstörtes Gebiet hielt der Zug in Warschau. Zerknittert wie sie waren, sprangen Richard und Karl vom Zug und fragten nach dem Hauptquartier der Wehrmacht, wo sie sich beim diensthabenden Offizier meldeten.

Leutnant Meisinger überprüfte dreimal seine Listen und konnte immer noch nicht glauben, dass die beiden dreckigen, rußverschmierten und erschöpften Soldaten vor ihm zu Oberstleutnant Schottkes aufgeriebenem Bataillon gehören sollten. Seit der verlorenen Schlacht gegen die Rote Armee und der Zerstörung des Lagers mitsamt seiner Kommunikation waren nur lückenhafte Berichte über den Vorfall eingegangen.

„Wir werden morgen darüber sprechen“, sagte er mit einem Blick auf seine Uhr und ließ die beiden wegbringen.

Richard hatte zwar keine Auszeichnung erwartet, aber dass niemand ihre Geschichte glauben würde, hatte er auch nicht gedacht. Er und Karl wurden getrennt und weggeführt.

„Danke“, sagte Richard, als ein Soldat ihm die Tür zu einem unbenutzten Raum öffnete.

„Dank mir lieber noch nicht“, antwortete der andere Mann

und hielt den Schlüssel in seiner Hand hoch, ehe ihm die Schamesröte ins Gesicht stieg und er wegsah.

Richard hörte erst, wie der Schlüssel im Schloss gedreht wurde und dann sich entfernende Schritte. *Dann bin ich jetzt also ein Gefangener? Meiner eigenen Armee?*

Im Moment war ihm das allerdings egal. Er ging ins Bad, um ausgiebig lauwarm zu duschen. Es fühlte sich paradiesisch an, wieder sauber zu sein. Dann rasierte er sich den verfilzten, blonden Bart ab und grinste in den Spiegel. Endlich sah er wieder wie er selbst aus.

Zurück in seinem Quartier fand er eine saubere Wehrmachtsuniform auf dem Bett und eine dampfend-heiße Mahlzeit auf dem Tisch vor. Wenigstens behandelten sie ihn wie einen Soldaten und nicht wie den Gefangenen, der er de facto war.

Er zog sich frische Unterwäsche an und setzte sich hin, um jeden kleinsten Krümel seiner ersten heißen Mahlzeit seit mehr als zwei Wochen zu verputzen. Dann ließ er sich mit dem Gesicht nach unten auf das Bett fallen und war innerhalb von Sekunden eingeschlafen.

Schwaches Sonnenlicht drang durch das vergitterte Fenster, als ein Klopfen an der Tür ihn weckte. Ein unbekannter Soldat trat in den Raum. „Ziehen Sie sich an und kommen Sie mit mir."

Nach dem Gesichtsausdruck des Mannes zu urteilen, vermutete Richard, dass er sich besser beeilen und seine Fragen herunterschlucken sollte.

„Folgen Sie mir."

Minuten später kam Richard in einem Verhörraum an. Er hatte Karl seit dem Vortag nicht gesehen und fragte sich, ob es ihm ähnlich ergangen war.

„Heil Hitler", begrüßte ihn Leutnant Meisinger.

Richard stand stramm und erwiderte den Gruß.

„Ich benötige einen vollständigen Bericht. Hinsetzen", sagte Meisinger und zeigte auf einen Tisch in der Mitte des Raumes.

Richard erzählte die Ereignisse der schicksalhaften Schlacht. Bei den einströmenden Erinnerungen versagte ihm fast die Stimme.

„Warum waren Sie nicht bei Ihrem Bataillon?“, fragte Meisinger wieder und Richard hatte Mühe, einen Aufschrei zu unterdrücken. Er schluckte eine schnippische Bemerkung herunter und antwortete: „Wie ich schon sagte, wurden Karl Wegener und ich beauftragt, einen Handkarren mit Ersatzmuni–“

„Die Wehrmacht hat für so etwas motorisierte Fahrzeuge! Warum haben Sie die nicht benutzt?“, schrie Meisinger ihn an. *Du nutzloser Sesselpupser warst offensichtlich noch nie an der Front oder du würdest nicht so eine Scheiße labern.*

„Leutnant, bei allem Respekt, aber–“

„Respekt ist das, was ich hier vermisse.“ Meisinger erhob sich und stellte sich hinter Richard, dem dabei die Haare zu Berge standen. Einen Feind im Nacken zu haben war das Letzte, was ein Soldat ertragen konnte. Obwohl der Leutnant realistisch betrachtet kein Feind war, fühlte es sich dennoch so an, als ob er sich absichtlich und grundlos zum Gegner gemacht hatte.

„Leutnant“, versuchte Richard es erneut, „keines unserer Fahrzeuge hatte noch Sprit. Das bisschen, was noch da war, wurde für den einzigen funktionierenden Panzer–“

„Jetzt wollen Sie mir erzählen, dass Ihre Vorgesetzten faule Idioten waren, die vergessen haben, genug Nachschub zu beschaffen? Ich will Ihnen was sagen, Gefreiter Klausen.“ Meisinger ging um Richard herum und bohrte ihm den Finger in den Brustkorb. „Sie erzählen mir einen Haufen Lügen.“

„Nein, Leutnant, ich–“

„Die Wahrheit!“, brüllte Meisinger mit knallrotem Gesicht und schlug seine Faust auf den Tisch. „Ich will die Wahrheit, Gefreiter Klausen!“

„Leutnant, ich sage die Wahrheit“, antwortete Richard, während die Furcht über seinen Rücken kroch.

„Die Wahrheit ist, dass Sie ein Spion sind!“ Leutnant Meisinger schob seine Brille hoch und starrte Richard ins Gesicht.

„Nein, ich bin kein Spion“, protestierte Richard. „Ich bin ein loyaler Soldat und ein Patriot.“

„Ihr Bataillon wurde besiegt, das Lager überfallen und dem Erdboden gleichgemacht und nur Sie beide sind übrig, um davon zu erzählen?“, spöttelte Meisinger. „Jetzt mal raus mit der Sprache und ich warne Sie: Meine Geduld ist am Ende.“

Ein weiterer Mann betrat den Raum und fragte mit einem Nicken in Richtung Richard: „Hat er gestanden?“

Richard schielte auf die Schulterklappen des Mannes und erkannte ihn als Major. Doch obwohl er mehrere Ränge über Leutnant Meisinger stand, schien er kein Interesse daran zu haben, das Verhör in die Hand zu nehmen. Stattdessen zog er seine Walther P38 heraus, die er lud und wieder entlud, während er Richard anstarrte.

„Es gibt nichts zu gestehen, Major.“ Richards Zähne begannen zu klappern.

„Wenigstens scheinen Sie die Befehlskette nicht vergessen zu haben“, sagte der Major und wog die geladene Pistole in seiner rechten Hand. „Major Dietrich für Sie. Ich bin nicht für meine Geduld bekannt. Also ersparen Sie mir die Lügen und legen Sie die Fakten auf den Tisch.“

„Wir haben gegen den vermaledeiten Russen, Entschuldigung, gegen die Rote Armee gekämpft, fast achtundvierzig Stunden, und uns ging die Munition aus. Unser Bataillonsführer, Oberstleutnant Schottke, hat dem Gefreiten Wegener und mir befohlen, zum Lager zurückzugehen und Nachschub zu holen. Aber der verd … ich meine, der Handkarren ist immer wieder in Schneewehen stecken geblieben und wir haben mehrere Stunden für die Strecke gebraucht. Gerade als wir uns bei Oberstleutnant Schottke zurückmelden wollten, hörten wir eine Stalinorgel und sind in Deckung gegangen.

Major Dietrich schürzte angeekelt die Lippen. „Stalinorgel, sagen Sie? Wie viele?“

„Ich weiß nicht. Aber so oft wie die gefeuert haben und wenn man bedenkt, wie lange es dauert nachzuladen, würde ich schätzen, es waren mindestens drei.“ Richard faltete die Hände, damit sie nicht zitterten. „Der Raketenbeschuss währte mehrere Stunden. Als es aufhörte, bin ich aus dem Graben gekrochen und habe gesehen, wie eine Handvoll unserer Kameraden von den Russen abgeführt wurde.“

„Und diese russischen Truppen, die alle anderen getötet haben, haben Sie und Ihren kleinen Freund am Leben gelassen?“ Major Dietrich sprang auf, die geladene Walther P38 in der Hand. „Glauben Sie, ich bin blöd, Gefreiter?“

Kalter Schweiß trat auf Richards Stirn, aber er wagte es nicht, ihn wegzuwischen. „Nein, Major, natürlich nicht. Wir hatten Glück, hatten uns weit genug weg versteckt oder vielleicht war es die einsetzende Dunkelheit, die die Russen davon abgehalten hat, eine sorgfältige Suche durchzuführen.“

„Ich sage Ihnen, was wirklich passiert ist“, sagte Major Dietrich mit einem selbstgefälligen Grinsen. „Der Russe hat Sie und Ihren Freund gefunden, aber anstatt euch zu töten haben sie euch einen Handel angeboten. Euer Leben gegen Spionage für die.“

Richard hörte das dumpfe Klicken von Major Dietrichs Pistole und ihm wurde schwarz vor Augen. Als Überläufer beschuldigt zu werden, bedeutete vor einem Erschießungskommando zu enden.

„Nein, Major. So war es nicht. Ich bin seit eineinhalb Jahren ein loyaler Soldat des Deutschen Reiches. Ich würde nie … diese russischen Dreckschweine … Glauben Sie wirklich, ich könnte mit denen gemeinsame Sache machen, nachdem sie meine Kameraden abgeschlachtet haben?“, fragte Richard. Einen Augenblick lang wünschte er sich, er wäre in der Schlacht gefallen, anstatt einem Verhörmeister gegenüber zu stehen, der ihn solch erbärmlicher Dinge beschuldigte.

„Nun, der Gefreite Wegener erzählt etwas anderes." Leutnant Meisinger kam so nahe, dass Richard dessen warmen Atem auf seinem Gesicht spüren konnte.

„Ich habe Ihnen die Wahrheit gesagt", beharrte Richard und fragte sich, ob es stimmte, dass Karl aus Angst eine Unwahrheit gestanden hatte, oder ob es nur eine Taktik war, um ihn zu brechen.

„Wir haben Methoden, um die Wahrheit aus Ihnen herauszuholen." Leutnant Meisinger bellte ein Lachen heraus, genauso wie der pistolenklickende Major. Sie standen auf und verließen den Raum, während der Major dem wachhabenden Offizier zubrüllte, Richard bis auf Weiteres in eine Zelle zu sperren.

Tage und Nächte vergingen und allmählich verlor Richard jegliche Hoffnung, je wieder aus der Haft entlassen zu werden. Sein einziger Trost war, dass die Zelle warm und trocken war und er jeden Tag pünktlich wie ein Uhrwerk zwei Mahlzeiten bekam.

Am fünften Tag war ihm völlig egal, was mit ihm passieren würde. Er kritzelte endlose Briefe nach Hause und als ihm die leeren Seiten im Notizbuch ausgingen, formulierte er die Sätze in seinem Kopf. Das und das Zitieren der großartigen Literatur, die er als Junge gelesen hatte, halfen ihm, nicht verrückt zu werden.

Vor Jahren hatte der Lehrer in der Schule verlangt, dass sie *Das Lied der Glocke* von Friedrich Schiller auswendig lernten. Richards Gedächtnis war etwas eingerostet, aber je öfter er das Gedicht aufsagte, desto mehr fiel ihm wieder ein.

Im Rhythmus der Verse schritt er durch die Zelle und rezitierte:

FESTGEMAUERT in der Erden

Steht die Form aus Lehm gebrannt.
Heute muss die Glocke werden,
frisch, Gesellen, seid zur Hand!
Von der Stirne heiß
rinnen muss der Schweiß,
soll das Werk den Meister loben;
doch der Segen kommt von oben.

Zum Werke, das wir ernst bereiten,
geziemt sich wohl ein ernstes Wort;
wenn gute Reden sie begleiten,
dann fließt die Arbeit munter fort.

So lasst uns jetzt mit Fleiß betrachten,
was durch schwache Kraft entspringt;
den schlechten Mann muss man verachten,
der nie bedacht, was er vollbringt.

Das ist's ja, was den Menschen zieret,
und dazu ward ihm der Verstand,
dass er im innern Herzen spüret,
was er erschaffen mit seiner Hand.

Am siebten Tag ging die Tür auf und ein blasser Karl stand vor ihm. Richard weinte fast vor Freude, als er seinem Freund um den Hals fiel.

„Mitkommen", sagte eine unbekannte Stimme und Richard fuhr herum, um einen weiteren Soldaten im Türrahmen stehen zu sehen. Wortlos folgten er und Karl ihm durch lange Gänge, bis er vor einer Tür stehen blieb und anklopfte. „Major Dietrich wird Sie jetzt empfangen."

Richards Herz schlug ihm bis zum Hals und er ballte nervös seine Hände zu Fäusten.

„Ah, da sind Sie ja", sagte der Major. Er sah von seinen Papieren hoch, als ob er sie zum ersten Mal treffen würde. „Schreiben Sie Ihre Beobachtungen in einem detaillierten Bericht auf und übergeben Sie diesen an den diensthabenden Offizier. Er wird Ihnen ein Quartier zuweisen. Bleiben Sie dort, bis Sie neue Anweisungen erhalten. Wegtreten."

„Jawohl, Major, danke." Richard konnte sein Glück kaum fassen und stürmte förmlich aus dem Raum, ehe der Mann seine Meinung ändern und ihm doch noch ein grausiges Ende vor dem Erschießungskommando bescheren konnte.

Die nächsten beiden Wochen vergingen wie im Traum. Nach den langen Monaten zermürbender Gefechte war es geradezu surreal, so viel Zeit zur Verfügung zu haben. Karl und Richard verbrachten ihre Tage damit, die polnische Hauptstadt zu erkunden, besuchten Vorführungen für die Truppen, tranken jede Menge Bier und genossen das Leben in vollen Zügen. Es war wie der lang ersehnte Urlaub und Richards einziger Wermutstropfen war, dass ihm kein Heimaturlaub gewährt worden war, um seine Familie zu besuchen. Aber wenigstens hatte er seiner Mutter einen Brief schreiben und über die Feldpost zusenden können.

Natürlich war der Brief sorgfältig konstruiert gewesen, damit er die Zensur passierte und seiner Mutter die Sorgen nahm. Ihr die Wahrheit über seine Strapazen an der Front oder in Haft zu erzählen, stand außer Frage.

Karl und Richard saßen bei einem Bier und einer Runde Skat mit einem anderen Soldaten zusammen, als die Tür zu ihrem Quartier aufging und der diensthabende Offizier eintrat. Sie standen schnell stramm, unsicher, was er von ihnen wollte.

„Klausen und Wegener? Hier sind Ihre neuen Marschbefehle. Packen Sie Ihre Sachen und melden Sie sich in dreißig Minuten am Tor", sagte der Offizier, überreichte ihnen die Papiere und verließ den Raum wieder.

Voller Neugierde überflogen sie die Dokumente. Beide waren einer Sicherungstruppe in Litzmannstadt, das von den Polen Lodz genannt wurde, zugeteilt worden, etwa hundertdreißig Kilometer südwestlich von Warschau. Die Hauptaufgaben ihrer neuen Einheit waren die Bekämpfung des Widerstandes und die Überwachung des jüdischen Ghettos.

„Ich frage mich, ob man uns eine Falle stellen will, um zu sehen, ob wir Spione sind oder nicht", sagte Karl mit ängstlicher Stimme.

„Mal dir nicht gleich das Schlimmste aus. Solange wir uns selbst treu bleiben, haben wir nichts zu befürchten." Richard freute sich auf den Neuanfang und hatte vor, das Beste aus der Situation zu machen. „Alles ist besser, als zurück an die Front zu gehen."

KAPITEL 3

Bei ihrer Ankunft in Litzmannstadt wurden sie von ihrem neuen Vorgesetzten, Leutnant Scherer, empfangen, der den Obergefreiten Hauser anwies, sie unter seine Fittiche zu nehmen und ihnen die Grundlagen ihrer neuen Aufgabe beizubringen.

„Wir haben schon viel von euch beiden gehört", sagte Hauser mit ernstem und prüfendem Blick. Ein militärisch kurzer Haarschnitt umrahmte seine großen braunen Augen.

„Glauben Sie nicht alles, was Sie hören, Obergefreiter", sagte Richard und zu seiner großen Überraschung lächelte der andere Mann und streckte ihm die Hand entgegen.

„Na dann. Ich bin Johann."

Er führte sie durch die Baracken, zeigte ihnen ihre Pritschen im Quartier der Soldaten und erklärte ihnen die Arbeit, die sie hier machten. „Ihr werdet mehr verstehen, wenn wir morgen raus marschieren, aber grundsätzlich ist es unsere Aufgabe, die Aktivitäten der polnischen Heimatarmee auszuspähen und zu verhindern. Diese schrecklichen Banditen sind ein einziges Ärgernis. Sie jagen Bahngleise, Munitionslager und Fabriken in die Luft."

Richard hatte von dem Unwesen, das der polnische Widerstand trieb, schon gehört, hatte aber bisher kaum einen Gedanken an die Konsequenzen verschwendet. Nach ein paar Tagen in seiner neuen Einheit wurde ihm allerdings einiges klar. Der verzögerte Nachschub an der Front, die Verspätung und Unzuverlässigkeit der Züge, der fehlende Diesel für die Panzer. All das war zumindest teilweise Schuld der grauenvollen Heimatarmee, die Infrastruktur, Transportmittel und Güter in die Luft sprengte.

Sie zu schnappen und ihre ruchlosen Taten zu stoppen, würde den Soldaten an der Front eine deutlich bessere Überlebenschance sichern. Schon lange hatte er aufgehört, daran zu glauben, dass Deutschland diesen Krieg gewinnen könnte, aber welche Wahl hatte er, als seine Befehle zu befolgen? Also hatte er ganz aufgehört zu denken. Fragen zu stellen war keine Eigenschaft, die man bei einem einfachen Soldaten schätzte.

Tag für Tag bildeten sie Zehnergruppen und durchforsteten die nahe gelegenen Dörfer und Wälder nach den verhassten Partisanen. Im Dezember 1943 hatte die sibirische Kälte auch Polen erfasst und jeden Abend war Richard dankbar dafür, sich in der Baracke schlafen legen zu dürfen, anstatt in einem Zelt übernachten zu müssen.

Die relativ leichte Arbeit in Kombination mit den regelmäßigen und üppigen Mahlzeiten, die sie jetzt genossen, verbesserte ihre Gesundheit erheblich. Sowohl Karl als auch Richard legten mindestens zehn Kilo zu. Fleisch erschien wieder auf den Knochen von Richards ausgemergeltem Körper und seine Muskeln begannen zu wachsen. Er bemerkte, dass seine Ärmel und Hosenbeine knapp wurden und die Knöpfe seiner Feldbluse spannten.

Das Leben in einer festen Garnison wie Litzmannstadt war völlig anders als an der ständig wandernden Frontlinie. Zum einen lieferte die Feldpost jede Woche pünktlich Briefe und Päckchen. Die Männer versammelten sich johlend und schreiend im Hof, wenn die großen Stoffsäcke ankamen, und warteten sehnsüchtig darauf, dass ihr Name aufgerufen wurde und sie einen Umschlag oder ein Paket mit Leckereien von zu Hause bekamen.

Diese Briefe aus der Heimat waren wie ein Rettungsanker. Es war egal, ob die Briefe Monate unterwegs waren oder die Zensoren Teile des Geschriebenen geschwärzt hatten. Ein Brief war ein Schatz. Worte mit Liebe auf ein Blatt Papier gebannt, die größtenteils Freude brachten, manchmal auch Traurigkeit oder verstörende Nachrichten. Dennoch wäre kein Soldat freiwillig der Postausgabe ferngeblieben.

Richard seufzte. Wieder war sein Name nicht aufgerufen worden.

Johann wanderte mit einem Paket in der Hand an ihm vorbei und nickte ihm zu. „Kopf hoch, Kamerad. Die Post braucht manchmal Monate, bis sie hier ankommt."

„Ich weiß. Trotzdem ..." Richard wandte sich ab.

„Komm schon, willst du mir helfen, meins auszupacken?", bot Johann an. Richards Augen leuchteten auf. Gemeinsam rissen sie das Paket auf und zogen eine unterarmgroße, geräucherte Wurst heraus, dazu Zigaretten und handgestrickte Wollsocken. Johann steckte den Brief in seine Brusttasche, offensichtlich nicht bereit, den Inhalt zu teilen.

„Ist das von deinem Mädel?"

„Das wäre schön." Johanns braune Augen verdunkelten sich, als er traurig hinzufügte: „Ich bin schon seit vier Jahren in diesem Krieg. Bei meinem ersten Heimaturlaub hat sie gesagt, sie könnte die Unsicherheit nicht ertragen. Wollte nicht auf jemanden warten, der vielleicht nie zurückkommt." Johann stand eilig auf und ging weg.

Richard fühlte mit ihm, wagte es aber nicht, dem älteren, viel erfahreneren Mann nachzugehen. Welche Weisheiten hatte er, ein achtzehnjähriger Bengel, schon zu bieten? Stattdessen machte er Karl ausfindig.

„He, Richi, schau mal!" Karl wedelte seinem Freund mit einem Blatt Papier vor der Nase herum. „Ein Brief von meiner Mutter. Sie ist ganz außer sich vor Freude. Fragt, ob es wahr ist, dass ich noch lebe. Sie haben ihr die Sache von unserem Bataillon geschrieben und dass ich vermisst werde. Natürlich hat sie sofort das Schlimmste angenommen."

Diese Information beunruhigte Richard. Seine Mutter musste dieselbe Nachricht erhalten haben. Was, wenn sein Brief sie nicht erreicht hatte und sie jetzt mit der Last leben musste, ihren einzigen Sohn verloren zu haben?

„Was ist mit dir? Irgendwas bekommen?", unterbrach Karl Richards Gedanken.

„Nichts. Ich vermute, die Post braucht einfach eine Weile." Richard drehte sich um, um die Tränen zu verbergen, die ihm in die Augen stiegen. Er vermisste seine Mutter. Sie war immer der Rückhalt der Familie gewesen, hatte seinem Vater den Rücken freigehalten und die vier Kinder großgezogen. Und er vermisste seinen Vater, der lange vor Richard eingezogen worden war. Das Letzte, was sie gehört hatten, war, dass er ein Kriegsgefangener der Russen war, aber keiner wusste, wo.

Mutter war von Pontius nach Pilatus gelaufen, um den Aufenthaltsort ihres Mannes zu erfahren, jedoch erfolglos. Richard kannte die internationalen Konventionen bezüglich des Gewahrsams von Kriegsgefangenen, aber er wusste auch, dass ein sowjetischer Soldat in deutscher Gefangenschaft nicht darauf hoffen konnte, dass die Genfer Konventionen eingehalten wurden. Tief in seinem Herzen wusste er, dass die andere Seite auch nicht besser war, und deswegen sorgte er sich um seinen Vater.

„… wird heiraten", sagte Karl und Richard starrte ihn an. „Wer?"

„Meine Schwester. Hast du überhaupt ein Wort von dem gehört, was ich gesagt habe?" Karl rammte seinem Freund den Ellbogen in die Seite.

„Tut mir leid, nein." Eine Welle Heimweh überrollte Richard. „Ich … wirst du um Heimaturlaub bitten?"

„Als ob das was bringen würde. Erinnerst du dich, dass sie uns keinen Urlaub gegeben haben, obwohl wir keinen Marschbefehl hatten?"

„Hmm."

„He, was glaubst du, was deine Schwestern so machen?", fragte Karl, der wusste, dass er seinen Freund immer damit aufmuntern konnte, wenn er nach dessen Schwestern fragte.

„Ursula hat ihren Liebsten vor fast einem Jahr geheiratet. Sie haben ihm noch nicht mal Urlaub für seine eigene Hochzeit genehmigt. Aber ich vermute, er ist irgendwann später nach Hause gekommen und sie ist jetzt wahrscheinlich schwanger. Sie wollte immer Mutter sein. Und Anna, die arbeitet als Krankenschwester." Er lachte knapp. „Der Beruf ist zurzeit sehr gefragt."

Karl nickte. „Die Nachrichten aus Berlin sind nicht gut."

„Wenigstens ist Lotte bei unserer Tante Lydia auf dem Land. Da ist es besser. Weniger Bombardements."

„Es gibt nur eins, was mir mehr Angst macht als die Stalinorgel, und das sind Tieffliegerangriffe. Vor einem Flugzeug kannst du nicht davonlaufen."

Beide schwiegen und riefen sich Bilder ihrer Lieben aus besseren Zeiten in Erinnerung.

* * *

WEIHNACHTEN KAM und heiterte allseits die Gemüter auf. Der Tag wurde mit viel Freude in den Baracken gefeiert. Die Wehrmachtshelferinnen und deutschen Frauen, die in Litzmannstadt lebten, hatten viele Tage lang das Festmahl für alle vorbereitet.

Richard erkannte die Baracken kaum wieder: Jeder hatte geschrubbt, geputzt und die Zimmer mit Tannenzweigen dekoriert. Jeder einzelne Soldat sah in seiner sauberen Uniform und den blank polierten Stiefeln geschniegelt aus; frisch rasiert und die Haare gestutzt. Richard selbst hatte sich auch nicht lumpen lassen und sich beim Friseur einen modernen Schnitt für seine blonden Haare gegönnt.

Freudige Erwartung breitete sich unter den Männern und Frauen aus, während sie vor den geschlossenen Türen der Kantine warteten, in der das Festessen serviert werden sollte.

Als die Türen sich öffneten, schnappte Richard nach Luft. In der Ecke der normalerweise tristen Kantine stand ein riesiger, geschmückter Weihnachtsbaum, der vor Lametta nur so funkelte. Fahnen mit Hakenkreuzen hingen von der Decke und die Tische waren mit weißen Tischdecken, roten Kerzen und grünen Tannenzweigen geschmückt. Weißes Porzellan ersetzte das übliche Blechgeschirr und ein Halbliterbierkrug stand an jedem Platz.

Richard saß zwischen Karl und einem Kameraden aus seiner Truppe, während Johann ihm auf der anderen Seite des langen Tisches gegenübersaß. Trotz der allgemeinen Lebensmittelknappheit hatten der Koch und seine Helfer sich selbst übertroffen und so viel Schweinebraten und Kartoffelsalat gemacht, dass selbst der gefräßigste Mann satt wurde.

Der Kommandant der Kompanie hielt eine typische Rede mit dem Aufruf, den Krieg siegreich zu beenden und die deutsche Vormachtstellung in der Welt zu etablieren. Doch obwohl sie alle brav zuhörten, interessierte sich an diesem Tag keiner seiner Untergebenen für Politik oder den Krieg.

Der Duft von Schweinebraten, Kerzenwachs und Tannengrün machte alle ganz zappelig vor Appetit und Heimweh. Sobald der Kommandant seine Rede beendet hatte, stürzten sich die Männer und Frauen auf ihr Essen, scherzten und lachten. Einen Tag lang würden sie die Realität des Krieges vergessen.

Richard leerte seinen Bierkrug und bat um Nachschub, woraufhin Johann aufstand und eine Flasche auf den Tisch stellte. „Kein Bier mehr. Das Zeug hier ist besser." Er goss großzügig Wodka in die Gläser seiner Kameraden.

„Prost!", riefen alle und stießen an.

Als zum Nachtisch Weihnachtsstollen serviert wurde, hatte Richard bereits Schwierigkeiten, den Kuchen auf der Gabel bis zu seinem Mund zu balancieren. Er bekam kaum noch mit, wie sich eines der Blitzmädel, wie sie die Wehrmachthelferinnen nannten, ans Klavier setzte und *O Tannenbaum* spielte.

Einer nach dem anderen fiel mit ein und bald grölten die Männer aus vollem Halse Weihnachtslieder, bis die Kantine bebte. Dann wurden Geschenke verteilt: Grußkarten, warme Kleidung, Tabak und Leckereien, alles von großzügigen Bürgern aus der Heimat für die Truppen gespendet.

Richard schätzte sich glücklich, in der beheizten Kantine zu sein. In einem wehmütigen Moment traf sich sein Blick mit Karls und er wusste, dass auch sein Freund an ihr letztes Weihnachten dachte – verbracht mit ihren inzwischen gefallenen Kameraden in einem nasskalten Schützengraben.

„Kommt Männer, hoch die Tassen!" Johann goss mehr Wodka in die Gläser seiner Freunde.

„Genug, genug, Kamerad. Ich kann kaum noch stehen", protestierte Richard erfolglos. Johann bestand darauf, dass sie noch ein Glas gemeinsam tranken. Und noch eins. Kurz darauf schlief Karl am Tisch ein.

„Erwarte von einem Jungen keine Männerarbeit", höhnte Johann und betrachtete Karl, der schief auf seinem Stuhl hing.

„Er ist jung, kaum achtzehn", sagte Richard entschuldigend. Sein Kumpel würde am Morgen so einiges bereuen.

„Was ist mit dir, Richard?", stichelte Johann. „Bist du alt genug für Männerarbeit?"

„Ich glaube, das bin ich", lallte Richard. „Wenigstens hoffe ich das."

„Dann wollen wir mal sehen. Auf gehts."

„Wo gehen wir hin?", fragte Richard, während ihn zwei

seiner Kumpel vom Stuhl zerrten. Der Boden unter seinen Füßen schwankte und er musste sich auf die Kameraden stützen.

„Komm schon, das ist eine echte Überraschung, die ich für dich vorbereitet habe." Johann führte Richard, der von den beiden Kameraden mitgeschleift wurde, zu einem Laster voller singender und grölender Soldaten.

„Ich muss ins Bett", protestierte Richard und die anderen johlten. „Genau da bringen wir dich hin!"

„Das ist gut", murmelte er und konzentrierte sich darauf, den Inhalt seines Magens da zu behalten, wo er hingehörte. Die wilde Fröhlichkeit im Fahrzeug wurde ohrenbetäubend, als die betrunkenen Männer den ebenso betrunkenen Fahrer anfeuerten, der in Schlangenlinien über die holprigen Straßen bretterte, ehe er im Zentrum Litzmannstadts anhielt.

Nichts ergab mehr einen Sinn. „Wo ist mein Bett?", lallte Richard, während die anderen aus dem Laster sprangen und die Damen des Bordells, vor dem sie angehalten hatten, mit lautstarkem Gebrüll darüber informierten, dass ihre Kundschaft angekommen war.

„Komm schon, jetzt geht der Spaß erst richtig los." Johann zerrte ihn vom Laster und schleppte ihn mit sich. „Beeil dich, Mann! Sonst bleibt keine der Nutten für uns übrig."

„Nutten?" Richards Augen weiteten sich, als er plötzlich begriff.

„Ja, Nutten. Wann hattest du das letzte Mal Sex? Ich wette, es ist viel zu lange her." Johann lachte.

„Ich?" Richard plumpste auf eine Stufe und die Welt begann, sich um ihn zu drehen.

„Heilige Scheiße. Das ist dein erstes Mal."

Es stimmte, aber Richard schüttelte den Kopf. „Natürlich nicht. Geh schon vor. Ich brauche eine Minute, um einen klaren Kopf zu kriegen."

Das ließ Johann sich nicht zweimal sagen und düste ab.

Sekunden später kotzte sich Richard auf seine Schuhe. Irgendwie schaffte er es, zum Quartier zurückzutorkeln, und als er endlich dort angelangt war, war der meiste Alkohol aus seiner Blutbahn gewichen.

Ich bin ein totaler Versager. Ich kann noch nicht einmal mit einer Frau schlafen.

KAPITEL 4

Litzmannstadt, Februar 1944

„Das ist inakzeptabel!", brüllte Leutnant Scherer seine Männer an.

Richard starrte auf seine Stiefel und hoffte, der Leutnant würde ihn nicht bemerken.

„Obergefreiter Hauser, vortreten."

Jeder im Raum atmete erleichtert auf, mit Ausnahme von Johann, der vortrat, um die Hauptlast der Standpauke für seine Truppe auf sich zu nehmen. Als ob die bittere Kälte nicht schlimm genug wäre, hatte die polnische Heimatarmee ihre Sabotageaktivitäten mit dem neuen Jahr noch verstärkt.

Die lebensfeindliche Witterung hätte sie ausbremsen sollen, so wie sie es mit der Wachsamkeit von Richard und seiner Truppe tat, die so wenig Zeit wie möglich draußen verbrachte. Aber diese Polacken schienen nur von Wodka zu leben und jeder wusste, dass Schnaps besser schmeckte, je kälter es war.

„Diese verdammten Partisanen haben auf der Haupttrasse in

nordsüdlicher Richtung eine Brücke in die Luft gejagt und ich kriege von euch Nichtsnutzen nicht mehr als ein Schulterzucken?“ Während er Johann anschrie, wurde das Gesicht des Leutnants puterrot.

„Leutnant, wir haben täglich Kontrollrunden–“

„Sparen Sie sich den Quatsch. Ich will Ergebnisse, keine Ausreden.“

„Jawohl, Leutnant.“ Johann gab ein Bild des Elends ab und Richard war wieder einmal froh darüber, nur ein einfacher Soldat zu sein, der Befehle ausführte.

„In den letzten zwei Wochen haben die Partisanen zwei Eisenbahnbrücken und einen Tunnel gesprengt. Sie haben Telefonleitungen zerschnitten, Treibstofflager bombardiert und unsere Soldaten angegriffen. Diese Sache ist mehr als nur ein Problem; sie ist eine Blamage für die gesamte Einheit! Ich bin von oberster Stelle in der Luft zerrissen und aufgefordert worden, den Arsch zusammenzukneifen, sonst ...“ Leutnant Scherer schnappte nach Luft und die Adern auf seiner Schläfe und am Hals traten hervor.

Sein hitziger Blick bohrte sich in jeden einzelnen Anwesenden, bevor er mit dem Finger auf Johann zeigte und knurrte: „Sie werden das beheben. Verdoppeln Sie Ihre Bemühungen und kommen Sie ja nicht ohne den Kopf eines Partisans in die Garnison zurück.“

„Jawohl, Leutnant“, sagte Johann. „Vielleicht können mehr Männer der Aufklärungstruppe zugeteilt werden? Die Hälfte meiner Leute liegt mit Erfrierungen auf der Krankenstation. Das Wetter hat unsere Beweglichkeit eingeschränkt–“

„Es hat aber nicht die Beweglichkeit dieser teuflischen Banditen eingeschränkt!“ In wilder Rage fuchtelte Leutnant Scherer mit den Armen, bis er einen zitternden Finger auf Johanns Brust richtete. „Ich habe keine Männer übrig. Kommen Sie mit denen klar, die Sie haben. Und holen Sie diese Faulpelze aus dem Lazarett zurück. Mobilisieren Sie Ihre Informanten.

Bringen Sie mir innerhalb der nächsten achtundvierzig Stunden gute Nachrichten oder Sie werden allesamt an die Front geschickt. Wegtreten."

Der Leutnant verschwand und ein Raunen ging durch den Raum.

„Der Kommandant hat von Informanten gesprochen", sagte Richard. „Haben wir solche Leute, auf die wir zählen können?"

„Haben wir nicht", antwortete jemand. „Niemand redet mit uns, mit Ausnahme der Nutten."

„Und bei denen muss man sehr aufpassen, was man sagt, denn die spionieren meistens für die Partisanen", sagte Johann. „Aber genug davon, ihr habt den Leutnant gehört. Wer will an die Front?"

Niemand hob die Hand.

Außer Richard und Karl hatte noch keiner eine Schlacht gegen die Rote Armee aus erster Hand erlebt, aber nachdem sie täglich die Verstümmelten und Verwundeten sahen, die in den Lazarettzügen nach Hause geschafft wurden, wollte sich keiner freiwillig melden.

Johann stellte einen neuen Dienstplan auf und teilte Zweierteams ein, die sich auf die Suche nach Informationen über die Partisanen machen sollten. Richard stöhnte, als er mit Holger eingeteilt wurde, einem gutaussehenden Mann Mitte zwanzig mit blonden Haaren und blauen Augen. Er hasste Holgers ständige Frauengeschichten und seine Angeberei über die jeweils letzte Eroberung.

„Ach Jungchen. Ein paar Stunden mit Freunden an der Bar verschafft uns alles, was wir wissen müssen." Holger grinste und klopfte Richard auf den Rücken. „Lass uns heute Abend ausgehen, ein paar meiner Freundinnen treffen, Spaß haben und trinken. Ich garantiere dir, das lohnt sich. Schau mir zu und lerne vom Meister."

Richard bezweifelte die Erfolgsaussichten von Holgers Vorschlag, aber da Holger nun mal der Ranghöhere war, gab es nichts zu widersprechen. Bald saßen die beiden in einer schummrigen Kneipe und mehrere junge Frauen drängten sich um Holger.

„Komm her, Püppchen“, sagte Holger und zog eine hübsche Brünette auf seinen Schoß. Alkohol floss reichlich. Lippen berührten sich. Hände wanderten.

Richard nippte an seinem Bier und tat sein Bestes, woanders hinzusehen. Warum waren sie hergekommen? Er hatte ganz sicher kein Interesse daran, mit einem polnischen Mädchen herumzumachen. Wenn er irgendwann eine Freundin haben würde, dann wollte er eine anständige Frau, eine die nicht in Kneipen herumhing und jedem beliebigen Soldaten auf den Schoß sprang. Richard wollte sie ausführen und ihr den Hof machen, Händchen halten und sie kennenlernen, ehe er den ersten Kuss auf ihre Lippen drückte.

„Wie heißt du, Püppchen?“, fragte Holger, eine Hand fest auf dem Oberschenkel der Frau, während die andere mehr Wodka in ihr Glas goss.

„Hannah“, sagte sie und fuhr mit der Zunge über ihre Lippen, bevor sie das Glas leerte. „Ich mag starke Männer. Wie dich.“ Sie leckte sich wieder über die Lippen.

„Und ich mag Schönheiten wie dich.“ Er legte die Arme um das Mädchen, drückte sie an sich und flüsterte ihr so leise ins Ohr, dass Richard es kaum verstehen konnte. „Ich verspreche dir eine Nacht voller Vergnügen und reichlich Essen, das du für deine Familie mit nach Hause nehmen kannst, aber zuerst muss ich etwas wissen.“

Das Mädchen schmiegte sich an ihn und ihre Augen leuchteten bei der Erwähnung von Essen.

„Du weißt nicht zufällig, wo sich die Partisanen versteckt halten?“, schnurrte er in ihr Ohr.

Hannas Rücken versteifte sich bei der Frage. „Was willst du von denen?“

„Reden, nur reden“, sagte Holger und übersäte ihr Gesicht

mit kleinen Küssen. „Und es gibt viel Essen für dich. Magst du Schweinebraten?“

Richard konnte sehen, wie das Mädchen mit sich kämpfte, aber schließlich nachgab. „Ein Dorf nördlich von hier, Baluty. Versprichst du, dass ihnen nichts geschehen wird?“

„Das verspreche ich, mein Püppchen, und jetzt wollen wir ein bisschen Spaß haben. Hol deinen Mantel.“ Er tätschelte ihren Hintern und zwinkerte einem erstaunten Richard zu. „Siehst du, wie einfach das war? Jetzt geh zurück zum Quartier und gib die Nachricht an Johann weiter, ich habe zu tun.“

Johann war erfreut über die Informationen und Leutnant Scherer war so beeindruckt, dass er für Tagesanbruch eine Überraschungsrazzia mit Unterstützung einer ganzen SS-Einheit organisierte.

KAPITEL 5

In den frühen Morgenstunden machte sich Richards Sicherungstruppe auf den Weg zum kleinen Dörfchen Baluty, um nach den verhassten Partisanen zu suchen. Der Überfall auf das Dorf erinnerte Richard an die Front, abgesehen davon, dass diesmal ihre Gegner Zivilisten waren und keine Waffen trugen.

Die Sicherungstruppe war klar im Vorteil. Zwanzig Männer sprangen vom Laster und rannten in die Häuser, wo sie die Menschen im Schlaf überraschten und jede Menschenseele, derer sie habhaft wurden, nach draußen zerrten. Dort wurden die Dorfbewohner zur Befragung aufgereiht. Frauen und Kinder links, Männer rechts.

Es wurde aber keine Befragung durchgeführt.

Kurze Zeit später tauchte die SS auf, in ihren schicken, schwarzen Uniformen mit der roten Armbinde, die das schwarze Hakenkreuz auf weißem Hintergrund zeigte. Richard erstarrte vor Schreck, als der SS-Scharführer dem ersten Mann in der Reihe eine Pistole an die Schläfe setzte und abdrückte.

Richard stieg die Galle hoch. Er hatte schon viele brutale Schlachten erlebt, aber noch nie einem so kaltblütigen Mord zugesehen. Er schickte einen stummen Hilferuf an Johann, doch der schüttelte resigniert den Kopf. Ein Obergefreiter konnte gegen einen SS-Scharführer nichts ausrichten.

„Worauf wartet ihr? Die Arbeit erledigt sich nicht von selbst!“, schrie der SS-Scharführer seine Männer an, die seine schändliche Tat wiederholten, bis kein Pole mehr aufrecht stand und der makellos weiße Schneeteppich blutrot getränkt war.

Die schrillen Schreie der Frauen, die das horrende Geschehen beklagten, gellten in Richards Ohren. Er schloss einen Moment lang die Augen, unfähig, den Anblick solcher Gräuel zu ertragen.

„So, jetzt kommt der amüsante Teil, wo wir diesen Frauen zeigen, was mit Verrätern am Deutschen Reich passiert“, rief der SS-Scharführer und packte sich die erste Frau in Reichweite. Er riss ihr die Kleider vom Leib und vergewaltigte die arme Frau unter den Anfeuerungsrufen seiner Truppe.

Die anderen Frauen rannten weg, um in ihren Häusern Schutz zu suchen, aber es war sinnlos. Dutzende SSler durchsuchten das Dorf und vergewaltigten systematisch und grausam jede Frau, die sie zu packen bekamen.

„Wir gehen“, befahl Johann seinen Männern, während die Grausamkeit ihrer Landsleute durch das Dorf tobte. „Wenn die SS das Sagen hat, gibt es für uns nichts zu tun.“

Richard stolperte die Straße entlang und rempelte Holger an, der ihn ärgerlich anfuhr: „Reiß dich zusammen. In Gottes Namen, sei ein Mann!“

„… aber … die haben … alle … umgebracht …“

„Diese Polacken würden nicht mal blinzeln, bevor sie dich umbringen. Weißt du, wie viel Schaden diese Bastarde schon angerichtet haben? Wie viel treues, deutsches Blut diese hinterlistigen Monster schon vergossen haben? Die verdienen nichts Besseres.“

Richard schüttelte den Kopf. In seinen achtzehn Monaten an der Front hatte er das Warum nie hinterfragen müssen. Krieg war Krieg. Soldaten töteten Soldaten. Aber Zivilisten ermorden und vergewaltigen?

„Warum müssen sie die Frauen vergewaltigen?“ Richards Stimme zitterte vor Emotionen.

„Und wenn schon! Das sind nur Polinnen, eine minderwertige Rasse. Diese Frauen sollten sich glücklich schätzen, dass es ihnen wenigstens einmal in ihrem Leben ein richtiger Mann besorgt. Wenn Johann nicht so ein ätzender Moralapostel wäre, könnten wir jetzt bei dem Spaß mitmachen“, beschwerte sich Holger, während sie zum Lastwagen marschierten.

„Spaß?“ Richard traute seinen Ohren kaum.

„Du musst noch viel lernen, mein Jungchen, bis du zum Mann wirst. Abgesehen davon, erteilen wir ihnen eine Lektion. Es zeigt ihnen, wer hier das Sagen hat. Diese Frauen und ihre Männer werden die deutsche Überlegenheit nie wieder anzweifeln.“ Dann fügte Holger hinzu, „Was wir beide jetzt brauchen, ist eine warme und reichliche Mahlzeit.“

Richard wollte gerade auf den Laster springen, als er aus dem Augenwinkel eine Bewegung wahrnahm. Eine kleine Person war am Ende des Dorfes in einen Schuppen geschlüpft. Er wollte es ignorieren, aber mehrere andere hatten es auch gesehen.

„Da ist noch eine!“, rief jemand.

Johann schien einen Moment zu zögern, gab dann aber den erwarteten Befehl. „Alle runter und durchsucht die Gegend in Zweiergruppen.“

Die Männer sausten in verschiedene Richtungen los und bald kehrten die ersten Soldaten mit strampelnden Dorfbewohnern zurück. Richard und Holger betraten den Schuppen genau in dem Moment, als eine Person sich herausschleichen und in den nahen Wald fliehen wollte. Richard reagierte blitzschnell und packte die junge Frau an den langen, braunen Haaren, während sie versuchte freizukommen.

Ein Blick aus ihren schönen braunen Augen traf ihn und der

Ausdruck von Angst gepaart mit Wut durchbohrte sein Herz. *Sie ist so jung und schön. Warum muss sie zur falschen Zeit am falschen Ort sein?*

Schwere Schritte stapften herein und einer der SSler packte den Arm des Mädchens. Richards Herz zog sich zusammen, denn er wusste, was sie in den Händen des SSlers zu erleiden hätte. „Finger weg! Ich hab sie zuerst gesehen, die gehört mir!", bellte er den Mann an.

Überrascht von Richards plötzlichem Ausbruch hielt der andere Mann die Hände hoch und grinste. „Kein Problem, Mann. Hab deinen Spaß, ich nehm sie mir danach vor."

Das panische Mädchen in Richards Griff trat und schlug mit Fäusten, Füßen und Knien um sich, ganz egal, was sie dabei traf. Derweil feuerten Holger und der SSler ihn mit albernen Ratschlägen an. Da ihm nichts Besseres einfiel, schleppte er sie zu einigen Heuballen, die am Ende des Schuppens aufgestapelt waren. Sie kämpfte heftiger, als manch einer seiner Kameraden es gekonnt hätte, aber Richard schlug ihr kräftig ins Gesicht und als sie stolperte, warf er sich auf sie.

„Los Richard, zeig der kleinen Hure, wer hier der Herr ist", brüllte Holger und winkte dann den SSler nach draußen. „Lassen wir unserem Jungspund ein bisschen Privatsphäre für sein erstes Mal. Wir kommen später wieder und zeigen dem Flittchen, wie echte Männer das machen."

Richard hätte am liebsten vor Freude geheult, als er hörte, wie die Tür sich hinter ihnen schloss und er mit der wunderschönen Brünetten allein war.

Aus dem Winkel eines verdreckten Fensters sah er die beiden Männer Zigaretten hervorholen, anzünden und darauf warten, dass er fertig wurde.

„Hör auf! Hör auf dich zu wehren!", zischte er. „Ich tu dir nichts."

Aber das Mädchen hörte ihn nicht, so gefangen war sie in ihrer Angst. Sie wand eine Hand aus seinem Griff und kratzte ihm mit den Fingernägeln mitten durchs Gesicht. Richard packte ihre Handgelenke und presste sie fest über ihrem Kopf auf den Boden. Ihre Flüche vermischten sich mit vereinzelten Schüssen, als eine neue Fuhre Gefangener ermordet wurde.

„Bitte hör auf dich zu wehren“, flehte er. „Ich werde dir nicht wehtun, aber die anderen Männer schon.“

Ihr Knie traf ihn zwischen den Beinen und sie nutzte den Moment seines Schmerzes, um sich unter ihm herauszuwinden. Richard packte ihre Schulter. „Halt, bitte.“ Er keuchte die Worte heraus. „Ich könnte dir niemals wehtun ... Ich werde dir helfen ... beruhige dich ... mach es doch nicht noch schlimmer.“

Es schien, als würde er endlich zu ihr durchdringen und sie sackte gegen ihn.

„Danke“, flüsterte sie auf Deutsch und schenkte ihm ein zartes Lächeln, das sein Herz berührte. „Aber wie?“ Sie hatten nicht viel Zeit, einen Plan auszuhecken.

Eine Taube nutzte die kurze Stille, um durch den Schuppen zu fliegen. Richard nahm seine Pistole, zielte auf die Taube unter dem Dach und feuerte.

Sie fiel stumm zu Boden.

„Lieg still“, sagte er und rieb das Mädchen und sich selbst mit dem Blut der Taube ein. Dann ging er zum Ausgang, gerade rechtzeitig, um mit Holger zusammen zu stoßen, der beim Geräusch des Schusses angerannt gekommen war.

„Alles in Ordnung?“, fragte Holger mit einem Blick auf seinen blutverschmierten, zerzausten Kameraden.

„Eine echte Wildkatze“, sagte Richard mit gerunzelter Stirn.

„Hast du es ihr besorgt?“

„Was denkst du denn?“, erwiderte er dreist, während er demonstrativ seine Kleidung ordnete. „Tut mir leid, dass ich es für dich versaut habe.“

„Keine Sorge. Es gibt genügend andere. Obwohl ich ja schon auf Wildkatzen stehe.“ Holger klopfte ihm auf den Rücken und nickte in Richtung Laster, wo Johann das Signal zur Abfahrt gab.

Gott sei Dank.

Während er auf die Ladefläche des Lasters sprang, schaute Richard zurück zu dem Schuppen, wo er das schöne Mädchen mit dem wundervollen Lächeln zurückgelassen hatte. Sie erinnerte ihn sehr an seine Schwester Lotte, die auch ein Wildfang war. Seine vorlaute, freche, selbstbewusste Schwester gab niemals auf und kämpfte härter als die meisten Jungs, einschließlich ihm selbst. Er grinste. Sogar Lotte würde gegen den erwachsenen, kampferprobten Richard keine Chance mehr haben. Abgesehen von den Muskeln, die sich durch tägliches Training gebildet hatten, war er, seit er in den Krieg gezogen war, auch mindestens sieben Zentimeter gewachsen – woran ihn seine Zehen schmerzhaft erinnerten, die in viel zu kleinen Stiefeln steckten.

Er legte den Kopf schief. Es war das erste Mal seit mehreren Monaten, dass er an seine Lieblingsschwester denken konnte, ohne dass es ihm das Herz zusammenzog. *Ich hoffe, es geht ihr gut. Anna und Ursula auch. Und Mutter.*

Als der Motor ansprang, erhaschten sie einen letzten Blick auf das Dorf. Die SS hatte begonnen, die Häuser anzuzünden, und die Frauen und Kinder heulten erbärmlich. Richards letzter Eindruck, ehe der Laster um eine Kurve fuhr, würde ihn den Rest seines Lebens verfolgen. Verzweifelte Menschen, die auf dem vereisten Boden kauerten und sich mit flachen Händen auf ihre Gesichter und Körper schlugen. Dieser Vorfall hatte nichts mehr mit dem Krieg zu tun und diente einzig und allein dem Zweck, die Grausamkeit und den Sadismus einiger weniger zu befriedigen.

Zurück im Quartier machte er Karl ausfindig. „Das ist kein Krieg. Das ist ein Verbrechen."

„Ich will gar nicht darüber nachdenken. Ich dachte, wir hätten die hässliche Seite der Menschheit schon gesehen, aber das hier …?“ Karl rannte ins Badezimmer, um sich die Seele aus dem Leib zu spucken.

Richard ließ sich mit rebellierendem Magen und dem Gesicht voran auf seine Pritsche fallen. Während er in einen von Albträumen geplagten Schlaf sank, verfolgte ihn das süße Gesicht der schönen Brünetten; ihre braunen Augen voller Dankbarkeit. „Ich hoffe, sie ist in Sicherheit“, murmelte er im Schlaf.

KAPITEL 6

Nach dem Überfall auf Baluty nahmen die Aktivitäten der Widerstandskämpfer in der Gegend deutlich ab. Mehrere Wochen später besuchte Reichsstatthalter Arthur Greiser die Garnison. Die Soldaten versammelten sich in der Kantine, halb neugierig, halb nervös aufgrund der eher seltsamen Begebenheit.

„Was glaubst du, was der will?“, flüsterte Karl.

„Keine Ahnung, aber ich glaube nicht, dass es schlimm ist. Schau nur, wie Leutnant Scherer strahlt“, sagte Richard und zeigte auf den Kompaniechef. Der normalerweise brummige Mann sah aus wie ein Kind an Heiligabend, während er um den Statthalter herumscharwenzelte.

„Psst“, warnte Johann sie, als Greiser und Scherer auf eine hölzerne Plattform an einem Ende der Halle traten.

„Ich habe erfahren, dass die Sicherungstruppe eine essenzielle Entdeckung gemacht hat, die uns geholfen hat, ein Nest von Partisanen auszuheben, die sich direkt vor unserer Nase versteckt hielten. Ich möchte mich persönlich bei Ihnen bedanken und jedem für seine Beteiligung an dieser wichtigen Mission gratulieren.“ Greiser hielt einen Moment inne, ehe er fortfuhr, „Aber unsere Anstrengungen dürfen nicht nachlassen. Nicht ehe unser großartiger Führer den totalen Sieg Deutschlands über seine Feinde verkündet hat, dürfen wir uns in unseren heroischen Taten sonnen."

Richard zwang die Galle in seinem Hals herunter. *Was genau ist heroisch daran, unbewaffnete Zivilisten zu ermorden?*

„... bis zu diesem Tag müssen wir den totalen Krieg fortführen und auch den letzten Juden vom Angesicht dieser Erde auslöschen ..." Richard blendete den Rest von Greisers Rede aus.

„Heil Hitler!", brüllte ein Soldat und alle antworteten mit einem stürmischen „Sieg Heil!".

Nachdem jeder, der am Überfall auf Baluty beteiligt gewesen war, mit einem extra freien Tag belohnt wurde, verließen der Reichsstatthalter und der Kompaniechef die Kantine.

„Totaler Krieg, so'n Scheiß", sagte jemand.

„Ich wette, das fette Schwein hat noch nie einen feindlichen Soldaten aus der Nähe gesehen", antwortete ein anderer Mann.

Richard drehte sich um und starrte Andreas in die Augen, einem Mann, den er wegen seiner Arroganz besonders wenig leiden konnte. „Wie ist das mit dir? Hat dir schon mal jemand eine verdammte Mosin-Nagant an den Kopf gehalten?"

„Werd mal nicht frech, Milchgesicht. Scheißt du dir nicht schon vor Angst in die Hose?", erwiderte Andreas und stieß ein mädchenhaftes Kreischen aus.

Karl legte Richard eine Hand auf die Schulter. Die gut gemeinte Geste stachelte ihn noch mehr an. Er schüttelte Karls Hand ab und ging einen Schritt auf Andreas zu. Es war ihm egal, dass Andreas mindestens fünfzehn Kilo schwerer war; er tippte ihn mit dem Finger an. „Ich sag dir mal was. Du bist ein hoffnungsloser Feigling, der gerade mal genug Eier in der Hose hat, um Frauen und Kindern Gewalt anzutun. Wie wär's, wenn du es ausnahmsweise mal mit jemandem in deiner Größe aufnimmst?"

„Meinst du damit etwa dich, Milchbubi?", höhnte Andreas

und im nächsten Moment landete Richards Faust genau auf seinem Kinn. Im folgenden Tumult spürte Richard, wie ihn mehrere Männer packten und ihn mit dem Gesicht nach unten auf den Boden drückten. Es war ihm egal.

„Lasst mich los! Verdammte Mistkerle!“ Besinnungslos vor Wut, Scham und Schuld kämpfte er genauso verzweifelt, wie es das Mädchen in Baluty getan hatte, bis er Johanns Stimme an seinem Ohr hörte. „Du bleibst da liegen, bis du dich beruhigt hast.“

Richard lauschte auf das Dröhnen des Blutes in seinen Ohren, überrascht von seinem eigenen Ausbruch. Er hatte noch nie zuvor einen Streit begonnen. Aber die ganze Woche über war er schon krank vor Ekel, hatte die Schande unterdrückt, die er bei den abscheulichen und barbarischen Taten der SS empfunden hatte. Er wollte daran keinen Anteil haben.

Nach einer Weile ließ seine Erregung nach und sein Körper wurde schlaff. „Ich bin jetzt ruhig.“

Johann befahl den anderen Männern, ihn aufstehen zu lassen, und sagte, „Auf ein Wort in meinem Büro, Richard. Um dich kümmere ich mich später, Andreas.“ Johann hatte eigentlich kein eigenes Büro, aber sein Rang als Truppenführer erlaubte es ihm, das des Feldwebels für private Unterredungen zu nutzen.

„Was ist los mit dir, Richard? So ein Verhalten kann dich vors Kriegsgericht bringen.“

„Es tut mir leid. Kommt nicht wieder vor“, stieß Richard zwischen zusammengepressten Lippen hervor.

Johann legte ihm eine Hand auf die Schulter. „Ich mache mir schon eine Weile Sorgen um dich. Lass mich dir helfen. Sag mir, was dich beschäftigt.“

„Es ist nichts.“

„Lügner.“

„Ich … ekel mich selbst an. Was passiert ist, macht mich krank. Was aus meinem Land geworden ist, macht mich krank.

Diese Scheinheiligkeit. Das ist doch kein Krieg mehr, das ist ein gähnender Abgrund von Sadismus und Unmenschlichkeit. Ich bin ein Soldat, kein kaltblütiger Mörder. Ich hasse das! So kann ich nicht weitermachen!", platzte Richard heraus.

Johann nahm sich einen Moment Zeit, ehe er antwortete. „Ich stimme dir zu, dass ein paar unglückliche Dinge passieren. Insbesondere die SS hält sich nicht an die Werte, die mal für die Wehrmacht gegolten haben. Aber das heißt nicht, dass wir alle schlecht sind. Wir müssen unsere Befehle befolgen, für unser Land kämpfen und unsere Familien beschützen."

„Selbst wenn der Krieg widerwärtig und ungerecht ist?"

„Sogar dann. Wir sind Soldaten. Wir befolgen Befehle. Wenn wir das nicht tun würden, würde das gesamte Reich unter der ihm auferlegten Last zusammenbrechen. Wir verstehen vielleicht nicht jeden Befehl, weil uns das Gesamtbild fehlt und der strategische Ausblick, den unsere Führer haben." Für einen Moment sah Richard Schmerz in Johanns Augen. „Was würde aus Deutschland werden, wenn die Wehrmacht sich weigern würde, das zu tun, was von ihr erwartet wird? Unsere Feinde würden uns überrennen und mordend, vergewaltigend und plündernd durch das Vaterland ziehen. Das können wir nicht zulassen. Wir müssen unsere Familien beschützen."

„Also morden, vergewaltigen und plündern wir zuerst, um sie davon abzuhalten, dasselbe mit uns zu machen?", fragte Richard abfällig.

„Ich bin nicht mit dem einverstanden, was die SS macht, aber ich kann sie nicht aufhalten. Niemand kann das."

„Du hast recht", sagte Richard widerwillig. „Du bist mir so ein guter Freund. Ich verdiene deine Güte und Geduld nicht."

„Blödsinn. Jetzt raus hier, bevor ich es mir anders überlege und einen Vermerk in deine Akte schreibe."

* * *

DIE SONNE gewann an Kraft und schmolz den Schnee. Endlich wurden die Tage zur allgemeinen Freude länger und wärmer. Vorbei waren die Tage erfrorener Zehen und Finger, verlorener Wimpern oder Augenlider, die wie ein Stück tote Haut einfach abfielen.

Richard nutzte seine Freizeit, um im windgeschützten Innenhof zu sitzen und Sonne zu tanken, während er einen Brief seiner Mutter in den Händen drehte. Sein Herz war an diesem Morgen bei der Postverteilung vor Freude gehüpft, aber er hatte noch nicht den Mut aufgebracht, den Brief zu lesen, aus Angst vor schlechten Nachrichten.

Es war das erste Lebenszeichen seiner Familie seit einem halben Jahr.

„Starrst du den Umschlag immer noch an? Fang!" Karl schlenderte herüber und warf ihm ein paar Walnüsse zu, die er von wo auch immer organisiert hatte.

Richard sah hoch und fing sie mit einer Hand auf. „Danke, und ja."

„Du bist mir ein Rätsel, Kumpel. Die letzten sechs Monate hast du gejammert, dass du keine Post bekommst, und jetzt machst du sie nicht auf?"

„Das werde ich … ich wollte nur erst ein ruhiges und friedliches Plätzchen finden."

„Bist du bekloppt? Es gibt keine friedlichen Orte vom Ural bis zum Atlantik – hab jedenfalls von keinem gehört."

Richard trat ihm freundschaftlich gegen das Schienbein. „Abgesehen vom Krieg war ich auf der Suche nach einem Ort, an dem keine neugierigen Kameraden ihre Nase in meine privaten Angelegenheiten stecken."

„Und ich dachte, ich könnte dir anbieten, dir deinen Brief vorzulesen", sagte Karl mit einem übertriebenen Grinsen.

„Warum kümmerst du dich nicht um deinen eigenen Kram?"

„Weil ich heute, wie du vielleicht bemerkt hättest, wenn du aufgepasst hättest, nichts bekommen habe. Und ich wäre auch nicht der Erste, der deine Privatpost liest." Das stimmte natürlich. Und das Angebot war verlockend – sehr sogar.

„Keine Chance. Aber gib mir noch eine Nuss und ich lese dir vielleicht ein paar Absätze vor."

„Na, wenn das kein Angebot ist." Karl grinste und holte zwei weitere Walnüsse aus seiner Tasche. „Rutsch rüber, ich bin ganz Ohr."

Richard tat sein Bestes, um das leichte Zittern seiner Hände zu verbergen, während er das Papier auseinanderfaltete. Die Zensoren hatten mit dicker, schwarzer Tinte ganze Sätze unkenntlich gemacht. Er las, „Mein lieber Junge–"

„Du bist achtzehn und deine Mutter nennt dich immer noch lieber Junge?", stichelte Karl.

„Halt die Klappe, wenn du was hören willst."

„Na gut, lies weiter."

Du kannst dir nicht vorstellen, wie glücklich ich war, als ich Deinen Brief erhalten habe. Die Heerführung hatte mir ein Telegramm geschickt, dass Du in der Nähe von Minsk vermisst wirst. Obwohl Deine Schwestern mir versichert haben, dass das nicht unbedingt Deinen Tod bedeutet, hatte ich große Schwierigkeiten, mit Deinem Verschwinden zurechtzukommen. Bitte tu mir das nie wieder an! Ich bin zu alt für solche Sorgen.

Richard schnaubte. „Das ist so typisch für Mutter. Hat sie gedacht, ich bin absichtlich vermisst gegangen?"

„Hätte ja sein können." Ein sehnsüchtiger Ausdruck erschien auf Karls Gesicht. Es gab keinen einzigen Soldaten in ihrer ehemaligen Einheit, den nicht schon mal der Frontkoller erwischt hätte; der überschwängliche Wunsch, alles hinter sich zu lassen.

Normalerweise kam der Betroffene schnell über diese Stimmung hinweg, aber nicht immer. Sie hatten Hansen mit vier Mann zu Boden ringen müssen, um ihn davon abzuhalten, stiften zu gehen. Und Bundner hatte sich bei Nacht weggeschlichen und war acht Kilometer nach Westen gelaufen, ehe der Russe ihn erwischt hatte.

Richard las weiter.

Es ist so viel passiert.

Ursulas Mann ist letzten Mai im heldenhaften Kampf gefallen, aber Deine Schwester hält sich sehr tapfer. Das arme Mädchen. Sie ist eine große Unterstützung in allem, besonders jetzt, da Anna ausgezogen ist. Anna arbeitet inzwischen in der Charité und sie haben ihr eine Dienstwohnung angeboten. Ich war nicht damit einverstanden, dass sie allein wohnt, aber seit die elenden Engländer Berlin fast jede Nacht bombardieren, ist es vermutlich das Beste, dass sie nicht abends nach Hause laufen muss.

Die Hand, die den Brief hielt, sank auf Richards Schoß. So tief im Osten hatte er fast vergessen, dass Deutschland einen Krieg an zwei Fronten kämpfte. Oder drei … oder vier … wer hatte schon Zeit, die Feinde zu zählen?

Deine Tante Lydia hat letzten Oktober ein neues Kind bekommen, ein Mädchen namens Rosa. Es ist ihr sechstes Kind und sie bekommt dafür kommenden Mai am Muttertag das silberne Kreuz zweiter Klasse verliehen. Wenn Anna und Ursula ein paar Tage Urlaub genehmigt kriegen, werden wir alle nach Kleindorf reisen. Ich wünschte so sehr, dass auch Du dorthin kommen könntest. Wir haben uns schon so lange nicht mehr gesehen.

Er brauchte ein paar Sekunden, um sich diese Tante in Erinnerung zu rufen, die jüngste Schwester seiner Mutter, die mit ihrer wachsenden Kinderschar in einem Bauerndorf in Oberbayern lebte.

Isst Du auch genug und ziehst immer warme Socken an, damit Du Dich nicht erkältest?

Bitte pass gut auf Dich auf und schreib mir, wann immer Du kannst.

In Liebe,
Mutter

. . .

„SIEHST DU? Keine schlechten Nachrichten. Bist du jetzt nicht froh, dass ich dir gesagt habe, du sollst den Brief lesen?“, sagte Karl.

„Hmm … Sie hat Vater nicht erwähnt. Das bedeutet, sie hat keine Nachricht von ihm.“

„Wir können nur hoffen, dass der Russe ihn halbwegs anständig behandelt.“ Karl legte eine Hand auf Richards Arm. „Dem gehts schon gut. Er ist ein Soldat wie wir. Zäh wie Unkraut.“

Richard trat mit seinem Stiefel gegen einen Kieselstein. „Lotte hat sie auch nicht erwähnt.“

„Das ist deine jüngste Schwester, richtig? Die bei deiner Tante auf dem Land lebt?“

„Ja“, antwortete Richard und fummelte ein Bild aus seiner Brusttasche. Es war vor etwas mehr als einem Jahr, im Januar 1943, aufgenommen worden und zeigte seine drei Schwestern an Ursulas Hochzeitstag.

Johann kam in den Hof und suchte offensichtlich ein sonniges Plätzchen, um ein paar Minuten zu entspannen. Als er die beiden erblickte, schlenderte er herüber und fragte: „Bilder von Zuhause? Darf ich mal sehen?“

„Klar.“ Richard gab ihm die Fotografie. „Die Blonde in der Mitte ist meine älteste Schwester Ursula an ihrem Hochzeitstag. Stahlhelmtrauung.“

Die anderen Männer nickten. Eheschließungen aus der Ferne waren inzwischen normal bei Soldaten an der Front und ihren Liebsten daheim.

„Ihr Mann ist inzwischen gefallen“, fuhr Richard fort. „Die Blonde links ist Anna. Sie arbeitet als Krankenschwester an der Charité in Berlin. Sie ist die Ehrgeizige von uns Vieren, eine Musterschülerin. Wollte immer Wissenschaftlerin werden, aber meine Eltern haben es nicht erlaubt. Und die rechts mit den wilden Locken ist Lotte, unser Nesthäkchen. Sie ist als Einzige in der Familie ein Rotschopf.“

„Die sind alle hübsch, aber der Rotschopf ist ein echter Hingucker“, sagte Johann bewundernd.

„Denk nicht mal dran! Das ist meine Schwester.“

„Keine Sorge, Kamerad. Die ist viel zu jung für mich.“ Johann grinste und gab das Foto zurück.

„Dieser Krieg wird bald vorbei sein und dann kehren wir zu unserem Leben und unseren Lieben zurück“, sagte Karl.

„Werden wir das? Werden sie alle noch da sein?“ Angst packte Richard, der sich noch immer fragte, warum seine Mutter Lotte in ihrem Brief nicht erwähnt hatte.

KAPITEL 7

Feldwebel Huber versammelte die gesamte Sicherungstruppe in der Kantine.

„Das Ghetto in Litzmannstadt ist der letzte Zufluchtsort für die Juden im Reich und Reichsführer Himmler hat die endgültige Liquidation angeordnet. Daher hat Reichsstatthalter Greiser der Wehrmacht befohlen, den Transport der achtzigtausend Juden sicherzustellen, die derzeit das Ghetto bevölkern."

Niemand sagte ein Wort, aber die Frage hing im Raum. *Wo kommen die hin?*

„Alle arbeitsfähigen Männer und Frauen werden in den Osten umgesiedelt, um dort ein neues Leben anzufangen." Der Feldwebel verteilte Aufgaben an die verschiedenen Staffeln und erinnerte sie daran, dass es äußerst wichtig war, den Reichsstatthalter nicht zu enttäuschen.

Ein Raunen ging durch den Saal. Den meisten Männern war der Sesselpupser mit der boshaften SS, die er befehligte, völlig egal.

Auf dem Weg zu ihrem Quartier nahm Richard Karl beiseite und fragte: „In den Osten umgesiedelt? Glaubst du den Mist?"

„Vielleicht stimmt es ja. Wir waren in Russland. Da gibt es jede Menge Platz."

„Leeres, verwüstetes und verbranntes Land. Und … glaubst du wirklich, die Sowjets werden Hunderttausende von Juden aus ganz Europa in ihrem Land willkommen heißen?"

Karl zuckte mit den Schultern, aber sein Gesichtsausdruck zeigte ganz deutlich, dass er es *nicht* glaubte. „Vielleicht irgendwo ein anderes Ghetto? Was für Möglichkeiten gibts sonst schon?"

„Vielleicht möchten wir das lieber nicht wissen."

„Das kannst du nicht ernst meinen, Richard. Das ist undenkbar. Unmöglich. Widerwärtig."

Richard verfolgte das Thema nicht weiter. Manche Dinge blieben besser unausgesprochen. Abgesehen davon, wenn jemand ihr Gespräch mit anhörte, wären seine Bemerkungen ein sicherer Weg, am eigenen Leib zu erfahren, wo diese Transporte hinführten.

Die Anspannung nahm in den Baracken täglich zu. Die Front brach schneller zusammen, als die Wehrmacht sich zurückziehen konnte. Bürohengste im ganzen besetzten Polen hatten Angst um ihre sicheren Positionen weit hinter den Frontlinien.

Die Gerüchte liefen Amok.

Es half auch nicht, dass die polnische Heimatarmee ihre Sabotageakte wieder verstärkte, angestachelt durch den Wechsel der Zeiten, sowohl was die Temperatur anging als auch die vorrückenden Russen. Richards Einheit arbeitete längere Schichten in dem verzweifelten Bemühen, den Widerstand davon abzuhalten, die Versorgungslinien zu zerstören. Es war der Versuch, ihren Kumpels an der Front eine Chance gegen die Rote Armee zu geben, die mit jedem blutdurchtränkten Meter Erde, den sie von den deutschen Besatzern zurückeroberten, immer dreister, stärker und zielstrebiger wurde. Die Wehrmacht hingegen verbrauchte ihr Material schneller als Nachschub kam: Panzer, Maschinengewehre, Munition, Essen, Kleidung, aber am schlimmsten: Männer. Es gab einfach nicht genug Männer im Reich, um diejenigen zu ersetzen, die jeden Tag fielen.

Sechzehnjährige wurden ohne Ausbildung in die Schlacht geschickt, um das Handwerk im Kampf zu lernen. Richard rümpfte die Nase. Kanonenfutter. Die armen Jungs hatten keine Chance.

Richard patrouillierte die Wälder, um die Dörfer auszukundschaften, die an die Garnison angrenzten. Die Bäume explodierten förmlich mit frischem, grünem Laub. Er sog die scharfe und süß duftende Luft ein und dachte, dass die Landschaft im Frühling so anders aussah. In Friedenszeiten musste es ein wunderschönes Fleckchen zum Leben gewesen sein.

Aber noch etwas hatte sich verändert. Etwas, das nicht durch längere Tage und mehr Sonnenschein erklärt werden konnte. Eine andere Energie hing in der Luft und rang mit dem Duft der Blumen. Eine Energie, die vor den fünf menschlichen Sinnen verborgen war, aber er spürte sie trotzdem, obwohl es lange dauerte, ehe er sie identifizieren konnte.

In einem der Dörfer, in dem seine Einheit die Straßen patrouillierte, schrie jemand: „Packt besser eure Sachen, ihr dreckigen Deutschen. Sonst kommt der Russe euch holen!"

Richard lief es eiskalt den Rücken herunter – die gleiche Spannung, die im Wehrmachtslager herrschte, spürte man auch draußen. Aber hier war es Hoffnung. Die Hoffnung, von dem verhassten Besatzer befreit zu werden.

Bald.

Ein Bild des schönen Mädchens aus Baluty kam Richard in den Sinn. *Ich hoffe, sie lebt und ist in Sicherheit.* Aller Logik zum Trotz wollte er sie wiedersehen.

Kurz darauf traf ihn ein Dreckklumpen ins Gesicht. Alle

fielen auf ein Knie herunter und brachten ihre Maschinenpistolen in Anschlag. Karl und Richard, aus jahrelanger Gewohnheit, waren die Ersten, die zielten, doch die Zivilisten waren bereits mit ihrer Umgebung verschmolzen. Einige Soldaten feuerten nervös einige Salven in die Luft.

„Feuer einstellen!", schrie Johann. „Die sind weg. Haltet eure Waffen im Anschlag. Wir gehen zurück zum Lastwagen."

Zurück in der Garnison wartete eine weitere böse Überraschung auf sie.

Während sie auf Patrouille waren, waren zwei medizinische Offiziere in Litzmannstadt angekommen und jeder Mann, der nicht zwingend gebraucht wurde, um die Garnison am Laufen zu halten, musste sich in der Kantine für eine Tauglichkeitsuntersuchung einfinden. Wenig überraschend erhielt der Großteil T1, voll verwendungsfähig. Die Marschbefehle an die Front würden in den nächsten Tagen ausgegeben werden.

Andreas ging mit einem verzweifelten Gesichtsausdruck vorbei, der schnell in Feindseligkeit umschlug, als er die Sicherungskompanie erblickte. „Glückliche Bastarde. Ihr dürft hierbleiben."

Richard hatte jeden Grund, dem arroganten Kerl gegenüber Schadenfreude zu empfinden, aber er verspürte nur Mitleid. „Tut mir leid, Mann. Mein Rat, wenn du diese Hölle überleben willst: Erst schießen, dann denken."

„Und das weißt du woher, Milchgesicht?" Andreas fing an zu grinsen, doch dann wich plötzlich alle Dreistigkeit aus seinem Gesicht und seine Augen weiteten sich. „Du willst mir doch nicht erzählen, dass du an der Front warst?"

„Ganze achtzehn Monate", sagte Karl.

„Heilige Scheiße", murmelte Andreas. „Entschuldigung, ich hatte keine Ahnung. Du siehst so … jung aus."

„Kein Problem." Richard grinste. „Wir trinken ein Bier, wenn du wiederkommst. Lass mich nicht umsonst warten."

Die Soldaten in Richards Einheit sahen einander an, die

müden Gesichter voller Erleichterung. Zu diesem Zeitpunkt gab es keine Begeisterung mehr für den Krieg – vielleicht mit Ausnahme derer zu Hause, die Tausende von Kilometern von der Front entfernt waren und noch nie einen Graben voller Leichen oder einen Krankentransport voller Verstümmelter und Verwundeter gesehen hatten.

KAPITEL 8

In den folgenden Tagen kamen in Litzmannstadt jede Menge Wehrmachtshelferinnen an, um die Positionen der Männer zu übernehmen, die an die Front geschickt wurden.

Fröhliche Gesichter. Glückliche Augen. Schicke Uniformen. Die Mädchen waren begeistert von ihrer neuen Arbeit. Und die Jungs liebten die weibliche Gesellschaft. Natürlich waren romantische Beziehungen und unangebrachte Avancen strikt verboten und konnten einen in Haft bringen, aber es gab schlaue Wege, das zu umgehen.

„Warum laden wir nicht ein paar der Blitzmädel auf einen Abend in die Stadt ein?“, schlug Holger vor. Der Spitzname der Helferinnen kam von dem blitzförmigen Symbol auf ihrer Uniform.

„Kriegen wir dann keinen Ärger?“, fragte Karl mit glühenden Ohren. Er hatte schon ein Auge auf eine zierliche Blondine mit einer kurvigen Figur geworfen.

Johann klinkte sich in die Diskussion ein. „Nicht, wenn wir einen kameradschaftlichen Gruppenausflug machen. Ihr wisst schon, die Mädel vor den Einheimischen beschützen. Solange wir zusammenbleiben, wird keiner der Offiziere was dagegen haben. Allerdings“, sagte er mit einem Augenzwinkern, „kann ich nach ein paar Bier vielleicht nicht mehr so gut zählen.“

Gesagt, getan.

Richard genoss den Ausflug in die Stadt, auch wenn ihm der Sinn so gar nicht danach stand, mit einem Mädchen anzubandeln, da er insgeheim hoffte, die Brünette aus Baluty wiederzusehen. Die Erinnerung an den kurzen Moment, als sie sich an seinen Körper gepresst hatte, jagte ihm noch immer heiße Schauer durch die Adern. Er wünschte, ja sehnte sich danach und träumte davon, sie wiederzusehen und einen Kuss auf ihre weiche Haut zu drücken.

Bald schon spaltete sich die fröhliche Gruppe junger Erwachsener in Pärchen auf und als die Sperrstunde kam, hielt Johann sein Versprechen und zählte seine Jungs nicht durch.

Am nächsten Morgen war eine weitere Ankunft Gesprächsthema in der Kantine.

„Habt ihr schon gehört? Eine Waffen-SS-Einheit ist in Litzmannstadt angekommen“, sagte Holger.

„Waffen-SS? Was wollen die denn hier? Sollten die nicht eher an der Front sein?“, erwiderte ein Mann namens Frank.

„Sie überwachen die Schließung des Ghettos und die Umsiedlung der achtzigtausend Juden.“ Richard sah sich um. Die Stimme gehörte Feldwebel Huber.

„Glaubt der Reichsstatthalter, wir könnten das nicht?“, grummelte jemand und der Feldwebel warf ihm einen vernichtenden Blick zu.

„Ihr werdet euch noch freuen, dass die Dirlewanger Brigade die Drecksarbeit für euch macht.“

Ein Raunen ging durch den Raum. Jeder Einzelne hatte bereits von SS-Oberführer Oskar Dirlewanger und seinen Männern gehört, die ursprünglich aus Wilderern, Kleinkriminellen und Gefangenen aus Konzentrationslagern bestanden hatten. Niemand hatte sie ernstgenommen – anfangs.

Aber die Dirlewanger, wie sie sich stolz nannten, hatten sich bald einen Namen gemacht. Der Ruf beispiellosen Terrors eilte ihnen voraus und sie hinterließen eine Spur sadistischer Gewalt und unaussprechlicher Gräuel.

Richard wurde mulmig im Bauch bei einigen der Dinge, die er gehört hatte. Unter normalen Umständen wären die Abartigen alle vors Kriegsgericht gezerrt und aus der Wehrmacht geworfen worden. Gerüchten zufolge machten die Dirlewanger mit Brutalität wieder wett, was sie an Disziplin vermissen ließen. Alkohol floss in Strömen und die Mitglieder der Truppe – oder ihren Anführer – traf man selten nüchtern an.

„Lass uns gehen." Richard stieß Karl an.

„Dirlewanger, zum Teufel." Karl sprach Richards Gedanken aus, während sie zu ihrem Quartier zurückgingen.

„Wenn die hier sind, um das Ghetto dichtzumachen, bin ich geneigt, zu glauben, dass die Umsiedlung eine Verarsche ist."

„Da kannst du dir nicht sicher sein", widersprach Karl.

„Und ich will es auch nicht herausfinden. Ich fürchte, was wir in Baluty gesehen haben, war noch nicht das Schlimmste."

Karl wurde blass. „Daran will ich nicht beteiligt sein."

„Ich auch nicht."

* * *

Ein ominöser Hauch lag die nächsten Tage in der Luft, als ob alle darauf warteten, es geradezu annahmen, dass etwas Schlimmes passierte. Es dauerte nicht lang. Eines Abends erreichte sie die Nachricht, dass die Widerstandskämpfer im Stadtzentrum zwei deutsche Offiziere erschossen hatten.

Schon am nächsten Morgen wurde eine Vergeltungsmaßnahme in Gang gesetzt. Wehrmachtssoldaten patrouillierten die Straßen von Litzmannstadt und sicherten die Straßen, die aus der Stadt herausführten. Die Dirlewanger, selbst am frühen Morgen betrunken und rauflustig, machten sich auf, um Türen einzutreten und Männer, Frauen und Kinder aus ihren Häusern zu zerren. Der Marktplatz füllte sich mit verängstigten Polen. Einige versuchten zu entkommen, doch nachdem die ersten Schüsse durch die Luft hallten, wagte keiner der Zivilisten mehr einen Fluchtversuch.

Richard sah in die elenden Gesichter derer, die erwarteten, bald ihrem Schöpfer gegenüber zu treten. Er drehte sich weg, als ihm die Galle hochstieg. Irgendeine Form von Vergeltung war angemessen oder die Polen würden weiterhin deutsche Soldaten erschießen, aber die Misshandlung von unschuldigen Bürgern lehnte er ab. In dem folgenden Tumult häuften sich abgeschlachtete Leichen auf dem Boden und Richard ballte vor Wut und Hilflosigkeit die Fäuste, als er zusehen musste, wie ein am Kopf blutender Pole taumelte und wie ein gefällter Baum stürzte, als ein weiterer Gewehrkolben auf seinen Kopf geschmettert wurde. Der randalierende SS-Mann stieg über den Körper und tobte woanders weiter.

Richard hastete zu dem verwundeten Mann, beugte sich über ihn und ließ ihn aus seiner Feldflasche trinken. Ein wütender Aufschrei drang von hinten in Richards Ohren und als er den Kopf drehte, erkannte er, dass SS-Oberführer Dirlewanger persönlich ihn anbrüllte.

„Erschieß diesen polnischen Bastard!", befahl Dirlewanger.

Richard riss die Augen auf. „Ich werde nicht–"

„Erschießen, hab ich gesagt! Das ist ein Befehl!"

Richard wusste, was mit Soldaten geschah, die einen direkten Befehl verweigerten, aber trotzdem weigerte er sich. „Nein. Er ist unbewaffnet. Und verletzt."

„Feigling!" Das wütende Monster packte Richard am Kragen und brüllte, „Ist hier jemand Manns genug für diese Aufgabe?"

Sekunden später trat einer seiner Männer vor und zielte auf den am Boden liegenden Polen.

Bumm!

In diesem quälenden Moment traf Richard eine Entscheidung.

Zurück in der Garnison wurde er in Leutnant Scherers Büro gerufen. Er hatte ein zu schweres Vergehen begangen, um ohne Bestrafung davonzukommen.

„Soldat Klausen, Sie haben einen direkten Befehl missachtet“, sagte der Leutnant mit strenger Stimme.

„Es tut mir leid, Leutnant. Aber ich kann keinen unschuldigen Zivilisten ermorden.“

„Da stimme Ihnen zu, aber mir sind hier die Hände gebunden. Dirlewanger ist außer sich vor Wut und verlangt, dass Sie bestraft werden. Was soll ich jetzt mit Ihnen machen?“ Leutnant Scherer wirkte plötzlich müde, sogar hilflos.

„Darf ich einen Vorschlag machen?“

„Das dürfen Sie.“

Richard nahm seinen ganzen Mut zusammen, um seinen Plan in Bewegung zu setzen. „Ich möchte in eine Kampfeinheit versetzt werden.“

Leutnant Scherers Kinnlade klappte herunter und er fuhr sich mit der Hand durch die kurzen Haare, ehe er antwortete. „Habe ich das richtig verstanden? Sie wollen an die Front versetzt werden?“

„Ja, Leutnant.“

„Sie wissen, dass das Selbstmord ist. Niemand, der annähernd bei Verstand ist, geht freiwillig an die Front. Nicht wenn der Russe unseren Jungs so dermaßen in den Arsch tritt.“

„Das weiß ich, Leutnant. Aber ich würde lieber ehrenvoll auf dem Schlachtfeld sterben, als Teil dieser Gräuel zu sein, die gegen Zivilisten verübt werden.“

„Wenn das Ihr Wunsch ist, werde ich Ihnen umgehend den Marschbefehl ausstellen“, sagte Leutnant Scherer und legte schwer seine Hand auf Richards Schulter. „Ich bewundere die Stärke Ihrer Überzeugungen. Sie sind ein guter Mann. Vergessen Sie das nie. Wegtreten.“

Sobald er das Büro des Leutnants verlassen hatte, kehrte

Richard in sein Quartier zurück und schalt sich selbst für seine törichte Entscheidung.

„Wie ist es gelaufen?" Karl, Johann und die anderen Kameraden hatten auf heißen Kohlen gesessen.

„Ganz gut, denke ich … er hat mich einer Kampftruppe zugeteilt."

Seine Kumpel wurden blass und alle redeten gleichzeitig los, bis Johann sie zum Schweigen brachte und sagte, „Ich werde mit ihm reden. Er hat eine übereilte Entscheidung getroffen–"

„Es war mein Vorschlag."

Köpfe fuhren herum. Münder standen weit offen.

„Deine Idee?", brach Karl schließlich das Schweigen.

„Ja. Ich kann nicht mit dem Wissen leben, dass ich Teil dieser Kriegsverbrechen bin." Richard plumpste auf seine Pritsche und versuchte ein schiefes Grinsen. „Da nehme ich es lieber mit den Russen auf. Ich meine, ist ja nicht so, als hätte ich das nicht schon erlebt."

KAPITEL 9

Karl hatte sich entschieden, ebenfalls eine Versetzung zu beantragen und Richard auf seiner neuen Mission zu begleiten. Sie hatten ihre Habseligkeiten gepackt und nichts weiter zu tun, als auf den Truppentransport zu warten, der Ersatz für die Einheiten der Heeresgruppe Mitte brachte.

Richard nahm Papier und Stift und schrieb einen Brief an seine Mutter.

Liebste Mutter,

Du wirst meine Gründe vielleicht nicht verstehen, aber lass mich Dir versichern, dass ich nicht voreilig oder unüberlegt handle. Tatsächlich habe ich diese Entscheidung intensiv bedacht und bin zu der Überzeugung gekommen, dass ich meinem Land am besten an der Front dienen kann. Vielleicht ist es möglich, von meinem nächsten Aufenthaltsort aus zu kommunizieren, vielleicht auch nicht, aber bitte schreib weiter und behalte mich in Deinen Gedanken und Gebeten. Erzähl mir, wie ihr durchhaltet, wie die Situation in Berlin ist und wie es meinen Schwestern geht.

Ich trage eine Fotografie meiner Schwestern von Ursulas Hochzeit immer bei mir. Sie tröstet mich und bringt mich meiner Familie nahe. Darf ich Dich bitten, mir auch ein Bild von Dir zu senden?

Dein Dich liebender Sohn,

Richard.

ER HATTE den Brief gerade zusammengefaltet und das Foto vorsichtig in seine Brusttasche geschoben, als Johann ins Quartier kam.

„Du gehst?“, sagte Johann und hielt inne.

„Ja. Vielen Dank für alles. Du warst mir ein guter Freund. Wirst du bitte diesen Brief für mich aufgeben?“

„Klar.“ Johann nahm den Umschlag. „Wir werden uns wiedersehen.“

„Auf jeden Fall“, antwortete Richard mit einem Grinsen und schluckte alle ernsteren Gefühle herunter. Jetzt war nicht die Zeit, um sentimental zu werden. Spontan zog er ein verblasstes Foto hervor, kritzelte etwas auf die Rückseite und gab es Johann. Es zeigte einen blonden Jungen mit einem breiten Grinsen, der keine Vorstellung von den drohenden Gefahren des Krieges hatte und eine feurige, nicht sehr glücklich dreinschauende Rothaarige etwa gleichen Alters im Arm hielt.

„Das bist du mit deiner jüngsten Schwester, stimmts?“

Richard nickte. „Für den Fall … du weißt schon … schickst du das meiner Familie? Damit sie wissen, wie sehr ich sie geliebt habe?“ Er biss sich auf die Lippe und blinzelte, um die Tränen aufzuhalten, die ihm in die Augen sprangen.

Johann kämpfte offensichtlich den gleichen Kampf mit den Tränen und krächzte nur ein kurzes „Ja“, ehe er aus dem Raum eilte und Richard mit seinen Gedanken allein ließ. Traurigkeit überrollte ihn, aber keine Furcht. Sobald seine Entscheidung gefällt war, hatte sich die Angst verzogen.

Schweren Herzens ging er zum Bahnhof. Karl und Richard bestiegen den letzten Waggon des Zuges, um ihre lange Reise zurück in die russische Taiga anzutreten, etwa 700 km von Litzmannstadt entfernt.

„Wenigstens konnten wir in den Baracken überwintern", witzelte Richard, während er in die Gesichter seiner Kameraden blickte. Jungs. Alte Männer. Gesichter, denen die Härte fehlte, die zu viele schlimme Erfahrungen hineingegraben hatten. Einige Gesichtsausdrücke waren enthusiastisch, aber die meisten strahlten Beklemmung und Angst aus. Ein paar zusammengeflickte Verwundete saßen hier und dort dazwischen mit einem wissenden Blick in ihrem sonst fatalistischen Ausdruck. Frische Truppen, dachte er, hatten immer eine ganz eigene Ausstrahlung.

Der Zug nahm Fahrt auf und ratterte seines Weges, vorbei an jämmerlichen Bildern der Zerstörung: verkohlter Schutt, der von den Geistern seiner früheren Bewohner heimgesucht wurde.

„Schau", sagte Karl und zeigte auf ein gähnendes schwarzes Loch in dem vor ihnen liegenden Berg. Die Lokomotive, die in den langen Tunnel eintauchte, füllte das Loch bald aus. Waggon nach Waggon verschwand in der Dunkelheit, als plötzlich der Berg mit fürchterlicher Wucht explodierte und den Zug im Tunnel begrub. Riesige Fels- und Erdbrocken wurden hoch in die Luft geschleudert. Staub und Schutt regnete auf die Umgebung nieder.

Richard spürte, wie die Erde heftig bebte, als die letzten paar Waggons entgleisten. Fallend, rollend, sich überschlagend, rutschend kamen sie schließlich zum Stehen.

Verstört und mit schmerzendem Kopf untersuchte Richard seinen geschundenen Körper und beschloss, dass er noch am Leben war. Karl kroch zu ihm herüber.

„Das wars? Wir sterben in einem Zugunglück?", stöhnte Richard.

„Wir sind noch nicht tot, du wirst es aber bald sein, wenn du deinen Arsch nicht hier raus bewegst."

Richard schüttelte den Kopf. Seine Augenlider schlossen sich flatternd, während er gegen das Verlangen ankämpfte, sich zusammenzurollen und wegzudösen. Ausruhen. Aber sein sturer Freund schüttelte ihn wach und befahl: „Raus hier! Sofort!"

Mit Karls Hilfe schaffte er es, zum zerbrochenen Fenster zu kriechen und sich hindurchzuquetschen. Die Überreste zweier Waggons lagen vor dem Tunneleingang verstreut, der jetzt nur noch ein schlammiger Hügel war. *Lebendig begraben.* Seine Kameraden zu betrauern musste warten. Damit half er jetzt niemandem.

Ein paar Dutzend Männer krochen herum, einer übler zugerichtet als der nächste. Wenigstens Karl schien die Situation unter Kontrolle zu haben. Er schubste Richard vorwärts. „Wir müssen uns verstecken."

Verstecken? Vor wem? Richards Gehirn bemühte sich, einen klaren Gedanken zu fassen, aber der stechende Schmerz in seiner Seite vernichtete jeden Versuch, sich zu konzentrieren. Er konnte nicht aufstehen, also kroch er Karl und etwa einem halben Dutzend anderer Männer ins dichte Unterholz hinterher.

Karl drängte sie vorwärts, trotz des Schmerzes, des Schwindels und der Verwirrung. Etwa fünfzehn Minuten später hörten sie Stimmen, die auf Polnisch schrien. Richard hatte Literatur immer gemocht. Seine Liebe für das geschriebene Wort hatte auch seine Liebe für Fremdsprachen geweckt und er hatte während seiner Zeit bei der Wehrmacht eine ganze Reihe russischer und polnischer Sätze aufgeschnappt.

„Sucht nach Überlebenden", sagte eine tiefe Stimme.

„Warum können wir sie nicht umbringen?"

„Noch nicht. Die könnten sich noch als wertvoll erweisen."

Richards Magen verkrampfte sich und er schickte ein Dankgebet in den Himmel, dass Karl sie so rücksichtslos in die Tiefe des Waldes getrieben hatte. Hoffentlich würde bald eine deutsche Einheit die Gegend patrouillieren und sie finden. Bis dahin mussten sie sich verstecken.

Es war nicht weit zurück nach Litzmannstadt. An einem guten Tag hätten sie die Strecke in fünf oder sechs Stunden gehen können; sogar weniger, wenn sie gelaufen wären. Es war aber kein guter Tag. Die meisten Männer hatten gebrochene Beine oder tiefe Wunden. Sogar Karl war schwer verletzt. Jetzt, da das Adrenalin seinen Körper verließ, stöhnte er vor Schmerzen von seinem zersplitterten Arm. Richards Seite war aufgerissen und vermutlich waren ein paar Rippen gebrochen, was das Atmen schmerzhaft und schwierig machte. Sein ganzer Körper war ein einziger, pulsierender Schmerz.

Der Mangel an medizinischer Versorgung in Kombination mit dem Blutverlust raubte ihm allmählich die Kraft. Er legte sich auf den Rücken und fiel in einen unruhigen Schlaf, während er den belanglosen Gesprächen seiner Kameraden lauschte.

„Ich will nach Hause“, sagte einer der jungen Rekruten mit weinerlicher Stimme. „In meiner Heimatstadt haben wir alle friedlich zusammengelebt; wir sind alle gut miteinander ausgekommen, jawohl. Wir hatten jüdische Lehrer und Ärzte. Es gab nie Probleme.“

„Stimmt. Einige von denen wussten gar nicht, dass sie Juden sind, bis zu diesem ganzen arischen Urkundenzeug“, sagte Joseph. „Wie sind wir eigentlich in so eine dämliche Situation geraten?“

„Wer konnte schon ahnen, dass die Dinge in einen solchen Wahnsinn ausarten würden? Hitler hat versprochen, Deutschland wieder groß zu machen, und jetzt sieh dir an, wo wir gelandet sind“, sagte ein etwa vierzigjähriger Mann. „Ich persönlich denke, dass dieser Krieg eine verlorene Sache ist und je eher er aufhört, desto besser für alle.“

„Hört auf, so schwarzmalerisches Zeug zu sagen!“, rief ein junger Bursche namens Alex. „Der Sieg gehört uns. Unser

Führer hat das gesagt. Und ich, für meinen Teil, bin stolz darauf, meinem Vaterland zu dienen. Ich habe meine Mutter angebettelt, dass ich mich zum Wehrdienst melden darf, aber sie hat mich nicht gelassen, bis ich siebzehn war. Totaler Sieg!"

Richard und Karl warfen sich einen Blick zu. Der begeisterte Junge würde bald eine Unterhaltung mit der Realität führen. Die hatte die Fähigkeit, einem die Meinung ganz schnell zurechtzurücken.

„Totaler Sieg, so'n Scheiß", sagte Karl. „Du bist ein Schwachkopf, wenn du diesem Propagandamist noch glaubst."

Aber Alex ließ nicht locker. „Die Slaven sind eine minderwertige Rasse. Ich, für meinen Teil, werde nicht für alle Ewigkeiten unter der Besatzung einer minderwertigen Rasse schuften."

Richard glitt wieder in einen Fiebertraum ab. Am zweiten Tag träumte er von einer Patrouille, die sie holen kam, und erwachte mit einem Ruck. Nach dem aufgeregten Ausdruck auf den Gesichtern der anderen Männer zu urteilen, war es kein Traum. Er spitzte die Ohren, um jedes Geräusch aufzuschnappen, das die Patrouille machte.

„*Tam*", rief jemand.

Feindliche Patrouille. Richards Mund wurde trocken und seine Muskeln spannten sich an, als sein Gehirn den polnischen Ausdruck für *da drüben* registrierte. Seine Atmung setzte beinahe aus, als eine Gruppe Männer genau auf sie zukam. Gewohnheit überkam die Erschöpfung und das Fieber und er richtete seine vertraute MP40 auf die herannahende Gruppe.

Er konnte keinen Treffer verzeichnen, aber innerhalb von Sekunden gab es einen tumultartigen Schusswechsel zwischen beiden Seiten. Er endete so schnell, wie er begonnen hatte, als den Deutschen die Kugeln ausgingen.

KAPITEL 10

Richard stöhnte vor Schmerz und spürte, wie etwas Warmes an seinem Arm herunterlief. Sein Leben zog an seinem inneren Auge vorbei. Das hübsche Mädchen aus Baluty lächelte ihn aus großen, braunen Augen an. Mutter gab ihm an dem Tag, an dem er eingerückt war, einen Abschiedskuss auf die Stirn. Lotte grinste und winkte, damit er mit ihr ins Wasser ihres Lieblingssees in Berlin kam. Ursula und Anna kicherten und bemalten ihre Lippen, weil sie Tanzen gehen wollten. Und dann ging Vater auf ihn zu und sagte: „Steh auf, mein Sohn. Steh auf und stütz dich auf mich." Er streckte ihm die Hand entgegen, aber Richard konnte sie nicht ergreifen.

Ich möchte noch ein bisschen länger leben. Ich möchte ein Mann werden und die Freuden der Liebe kennenlernen. Er lächelte bei diesem außergewöhnlichen Gedanken und wandte sich um, nur um zu sehen, wie Karl aufstand und wegging.

„Geh jetzt nicht, Karl", rief er seinem Freund zu. Er hörte ein gequältes Stöhnen.

„Bist du das, Karl?", fragte er, da er sich nicht bewegen konnte.

„Ja. Alles in Ordnung?"

„Ich kann mich nicht bewegen."

„Die verdammten Partisanen haben uns in ihr Dorf geschleppt, uns hier gefesselt und versprochen, dass wir morgen an den Galgen kommen."

Richard zitterte. Er wäre am liebsten wieder ohnmächtig geworden, aber das Wissen um seinen bevorstehenden Tod verhinderte das. Adrenalin pumpte durch seinen Körper und dämpfte den Schmerz und die Angst. Er rüttelte an seinen Fesseln. Nichts.

„Verschwende keinen Atem. Diese Kerle wissen, was sie tun", flüsterte Karl.

Jemand trat vor sie und spuckte Richard an. Die eklige Feuchtigkeit rann seine Wangen herunter, aber er entschied sich, es zu ignorieren. Was konnte er auch sonst tun?

Polnische Flüche hagelten wie verbale Kugeln auf sie nieder und Richard war froh, dass er die meisten davon nicht verstand. Doch plötzlich traf ein Stein seine Schulter und er schrie vor Schmerz auf. Dann regnete ein ganzer Schauer von Steinen auf die wehrlosen Männer nieder. Karl schrie nach einem lauten dumpfen Schlaggeräusch und sackte gegen Richard.

„Karl, Karl, bist du noch bei mir?", fragte Richard hektisch, bekam aber keine Antwort. Er drehte den Kopf und sah eine große, blutende Wunde auf der Stirn seines Freundes. „Wag es ja nicht, mich hier allein zu lassen, hörst du, du Arschloch?" Aber selbst die Beleidigung brachte Karl nicht dazu, sich zu rühren.

„Was für ein armseliger Haufen", sagte jemand. „Dieser Krieg wird für die Deutschen bald vorbei sein. Und wir stehen auf der Gewinnerseite."

„Ich kann mich an Freiheit und Frieden schon gar nicht mehr erinnern. Was machen wir dann bloß?" Ein anderer lachte.

„Ich hab ein Mädchen, das auf mich wartet."

„Sei dir da mal nicht zu sicher, Kamerad", stichelte sein

Gefährte und die anderen brachen in Gelächter aus. „Das war ein langer Krieg. Sie musste lange warten."

„Der hier ist hinüber." Ein Mann trat den Körper, der auf Richards anderer Seite lag. Er bewegte den Kopf und erkannte Alex, den enthusiastischen jungen Burschen.

„Lass ihn verrotten. Den hängen wir morgen mit den anderen auf. Das wird eine hübsche Überraschung für die deutschen Patrouillen."

Während die Stunden verstrichen, döste Richard zwischen den Beleidigungen und den Angriffen der Dorfbewohner immer wieder weg.

„Lasst sie mich ansehen", sagte eine vertraute weibliche Stimme. Richard öffnete ein geschwollenes Auge, aber seine Ohren und sein Herz erkannten sie an der Stimme, noch ehe er sie sah. Das Mädchen aus Baluty.

„Das sind Deutsche, die verdienen es, wie Tiere behandelt zu werden."

„Niemand verdient das hier", sagte sie resolut und beugte sich zuerst über Karl und dann über Richard. Ihre wundervollen braunen Augen blickten in seine, während sie ihm einen Schluck Wasser zu trinken gab. Er hatte noch nie eine stärkere Verbindung mit jemandem gespürt als in diesem Moment. Sie wiederzusehen, war ein Wunder, das ihm trotz seiner Schmerzen Wärme durch die Adern jagte.

Sie lehnte sich vor, um ihm den Schweiß von seiner fiebrigen Stirn zu wischen, und flüsterte, „Halte durch. Ich komme zurück und hole dich." Dann verschwand sie wie eine atemberaubende und gnädige Halluzination.

Stunden vergingen und Dunkelheit legte sich über das Dorf. *Warum können Stalin und Hitler nicht einfach eine Münze werfen und es gut sein lassen?,* dachte Richard verzweifelt. *Wenn das so weiter geht, bleibt nichts mehr übrig, was man gewinnen kann.*

Plötzlich regte sich Karl.

Richards Herz machte einen Freudensprung. „Du bist wach, mein Freund. Ich hab mir Sorgen gemacht ..."

„Kannst du meiner Mutti sagen, dass ich sie liebe?" Karls Atem kam stoßweise.

„Oh nein. Du stirbst mir nicht. Noch nicht."

„Meine Zeit ist abgelaufen. Versprich mir, dass du alles tust, um nach Hause zu kommen und es ihr zu sagen?"

„Das werde ich." Richard drehte sich so, dass seine Schulter an Karls lehnte und ihm Trost geben würde. „Danke für alles, mein Freund. Das war ein wilder Ritt."

Karl stieß ein Lachen aus. „Das war es." Dann setzte seine Atmung aus und sein Leiden war vorüber.

Tränen rannen über Richards Wangen, während er die Augen schloss.

* * *

„AUFWACHEN!"

Ein wunderschöner Traum.

Das Schütteln ging weiter. „Aufwachen!"

Es dauerte einen Moment, bis sich seine Sicht an das dunkle, mondbeschienene Dorf gewöhnt hatte. *Sie* war wieder da, in Begleitung eines Bullen von einem Mann Anfang zwanzig.

„Bist du das wirklich? Oder träume ich?" Ein beängstigender Gedanke kam ihm. „Bin ich schon tot?"

„Du bist noch nicht tot." Sie löste seine Fesseln und packte seinen Arm. „Steh auf. Wir haben nicht viel Zeit."

Zeit? Die Zeit saugte ihm das Leben aus dem Körper. Er nickte, unterdrückte ein Stöhnen und tat sein Bestes, auf die Füße zu kommen, aber seine Beine versagten ihren Dienst. Die beiden halfen Richard auf und der bullige Mann warf ihn sich über die Schulter, um ihn vom Marktplatz und seinen toten Kameraden wegzubringen.

„Bist du dir sicher, dass du das tun willst, Katrina?", fragte der Mann. „Er ist ein Deutscher. Weißt du, was unsere Leute mit euch beiden machen, wenn sie herausfinden, dass du einen Feind beherbergst?“

Katrina. Was für ein schöner Name für ein schönes Mädchen, dachte Richard, der auf den Schultern des Mannes mit jedem Schritt durchgeschüttelt wurde.

„Ich habe keine Wahl, als meine Schulden zu begleichen und diesem Mann das Leben zu retten, so wie er meines gerettet hat“, erwiderte Katrina. „Kein Wort über die Geschehnisse dieser Nacht wird je über meine Lippen kommen, darauf kannst du dich verlassen.“

Der Mann murmelte etwas vor sich hin, das Richard nicht verstehen konnte. Etwa eine halbe Stunde später erreichten sie ein Bauernhaus und er warf Richard auf ein Bett, ehe er in der nebligen Dämmerung verschwand.

KAPITEL 11

Die nächsten Tage vergingen wie im Traum. Richard lag im Bett und Katrina kam alle paar Stunden, um seine Wunden zu versorgen oder ihn zu füttern. Er sah zu, wie sie Kohlblätter mit sauberem Wasser zu einem Brei zerstampfte, den sie auf seine Wunden auftrug, ehe sie sie verband. Schon bald sehnte er sich nach ihren sanften Berührungen und ihren freundlichen Worten.

Nach einer Woche, vielleicht auch zwei, fühlte Richard sich endlich stark genug, um sein Bett zu verlassen. Doch bevor er seinen Plan in die Tat umsetzen konnte, kam Katrina mit einer Schüssel Suppe ins Zimmer.

„Guten Morgen, Katrina", begrüßte er sie lächelnd.

„Dir geht es besser, Richard."

„Woher kennst du meinen Namen?"

Ihre Wangen färbten sich zartrosa und sie zeigte auf seine saubere Uniform, die ordentlich gefaltet auf einem Stuhl lag. „Ich war so frei, deine Taschen zu leeren, bevor ich sie gewaschen habe."

Richard bewegte seine Hände unter der Decke und stellte fest, dass der vertraute Stoff seiner Unterhose fehlte. Er kniff peinlich berührt die Augen zusammen. Es war ihm lieber, nicht zu wissen, wer ihn ausgezogen hatte, und glaubte fest, dass es der stämmige Mann gewesen war, der ihn seiner vagen Erinnerung nach hierhergetragen hatte.

„Du musst essen", sagte Katrina in akzentfreiem Deutsch und hielt ihm die Suppenschüssel hin.

„Danke ...", fing Richard an, aber sie war schon aus dem Raum geflohen und ließ ihn verwirrt zurück. Er vermisste sie bereits, bevor er den letzten Rest ihrer Rückseite aus den Augen verlor.

Er aß seine Suppe und betrachtete verächtlich seine Uniform. Sie stand für etwas, woran er keinen Anteil mehr haben wollte, aber da er keine andere Kleidung hatte, zog er die Hose und die Jacke an. Dann wagte er sich ins Haus hinaus. Oben waren noch zwei weitere kleine Schlafzimmer, die dem, in dem er geschlafen hatte, ähnelten. Soweit er es erkennen konnte, war nur ein Zimmer bewohnt – von Katrina – während das andere leer stand.

Auf wackeligen Beinen stieg er die Treppe herunter und gelangte in eine große Küche mit angeschlossenem Wohnzimmer. Ein typisches Bauernhaus. Das Klohäuschen stand draußen, einige Meter entfernt im Gemüsegarten, wo einige gackernde Hühner herumliefen. Aus dem, was Richard sehen konnte, war das früher ein großer Bauernhof mit Landwirtschaft und Viehhaltung gewesen.

„Aah!", kreischte Katrina bei seinem Anblick und sprang zurück. „Ach, du bist es. Entschuldigung."

„Es liegt an der Uniform, nicht wahr?", fragte Richard und sie nickte. Es gab ihm einen Stich ins Herz zu wissen, dass er sie erschreckt hatte. Man konnte unschwer erkennen, wie sehr sie hasste, wofür seine Uniform stand. Sein Land, seine Landsleute, sein alles. Er hatte darüber zuvor nicht nachgedacht, aber ihre Reaktion zeigte ihm, dass er in dieser Uniform unmöglich herumlaufen konnte. „Ich ... vielleicht sollte ich wieder nach oben gehen …" Richard drehte sich um, aber sein schwacher Körper protestierte. Er schaffte nicht mehr als vier Stufen, ehe er sich setzen musste, denn der Schwindel drohte ihn zu übermannen.

„Ist alles in Ordnung?" Katrina kam und kniete sich vor ihn. „Du siehst blass aus."

„Ich glaube, ich habe meine Kräfte überschätzt. Ich sollte zurück ins Bett." Er versuchte zu grinsen, aber vermutlich sah es mehr wie eine schmerzverzerrte Grimasse aus.

„Warum setzt du dich nicht hier in den Sessel und wir können etwas reden, während ich arbeite?" Sie half ihm auf und brachte ihn zu einem gemütlichen Sessel, der am Kamin stand. Im Winter brannte hier sicherlich ein wärmendes Feuer, aber jetzt im späten Frühling war der Kamin unbenutzt.

„Wie lange bin ich schon hier?", fragte er und sah zu, wie sie grüne Blätter klein hackte.

„Elf Tage", sagte sie, ohne aufzusehen. Klack. Klack. Klack. Mit atemberaubender Geschwindigkeit schnitt das Messer in ihrer Hand durch ihren Blättervorrat.

„So lange?" Er dachte nach. Inzwischen mussten sie die Leichen von Alex und Karl gefunden haben. Sein Herz zog sich vor Trauer zusammen. Wie sollte er seinen Vorgesetzten erklären, wo er seit der Tunnelexplosion gewesen war? So viel Zeit war vergangen. Er erinnerte sich noch gut an das Verhör und die anschließende Haft in Warschau und hatte keinen Grund zu glauben, dass es diesmal anders werden würde.

Was sollte er erzählen, wenn man ihn fragte, wer ihn gesund gepflegt hatte? Sie würden Katrina verhaften – dessen war er sich sicher. Er konnte nicht riskieren, dass sie seinetwegen verletzt wurde. *Ich muss verschwinden. Mich irgendwo verstecken.*

„Du kannst nicht zurück", sagte sie in seine Gedanken hinein. Dann drehte sie den Kopf und der Blick ihrer warmen, braunen Augen hielt seinen gefangen. „Es wäre nicht sicher. Für keinen von uns.“ Ihre Hände unterbrachen die Schneidarbeit und sie schüttete die Blätter in eine große Schüssel.

„Ich weiß. Ich werde gehen. Mich irgendwo verstecken.“

„Erst musst du wieder zu Kräften kommen. Du bist ja noch nicht einmal die Treppe raufgekommen, was glaubst du, wie es dir auf der Flucht ergehen wird?“

„Daran hatte ich nicht gedacht. Was machst du da?“, fragte er und zeigte auf die Schüssel.

„Ich mache eine Salbe für deine Wunden. Meine Eltern ...“ Sie hielt kurz inne. „Sie waren Heiler. Sie haben mich die Naturheilkunde gelehrt.“

„Sie sind tot.“ Es war eine Feststellung, keine Frage. Er hatte den Schmerz in ihrer Stimme gehört, als sie sie erwähnt hatte, und war nicht überrascht, dass sie nickte. „Hast du Geschwister?“

„Ja. Drei Brüder, alle älter als ich.“

„Bitte erzähl mir von ihnen, wenn es nicht zu neugierig von mir ist.“

Katrina lächelte auf eine Art, die sein Herz höherschlagen ließ. „Nur wenn du mir auch von deiner Familie erzählst.“

„Abgemacht.“ Er lachte in sich hinein. „Aber erzähl mir erst, warum dein Deutsch so perfekt ist.“

„Tatsächlich sprechen hier viele Menschen Deutsch. Vor der Invasion haben wir friedlich mit unseren Nachbarn zusammengelebt. Juden, Deutsche, Polen, Ukrainer, Russen, alle. Wir haben Deutsch und Russisch in der Schule gelernt, auch Englisch, weil meine Eltern fanden, dass Sprachen wichtig sind.“

„Ich stimme ihnen zu“, sagte Richard. „Als wir uns das erste Mal begegnet sind, dachte ich, du verstehst mich nicht.“

„Ich weigere mich, mit den Besatzern deutsch zu sprechen. Sie verdienen es nicht. Und es ist besser, sie denken zu lassen, ich verstünde nichts.“ Katrina knetete die zerhackten Blätter mit einer stark riechenden Flüssigkeit zu einer Paste.

„Wo sind wir eigentlich? In Baluty?"

„Nein, dieser Hof ist etwa zwanzig Minuten Fahrt von Lodz entfernt. Nicht, dass wir noch Fahrzeuge hätten ... Drei Stunden zu Fuß, wenn du die Hauptstraße nimmst."

„Aber du lebst allein? Was ist mit deinen Brüdern?"

„Im Moment bin ich hier die Einzige." Sie seufzte, bevor sie fortfuhr. „Mein ältester Bruder Piotr ist vor zwölf Jahren mit gerade mal achtzehn nach Warschau gegangen, um zu heiraten. Er wurde Offizier in der polnischen Armee. Er und seine Frau Ludmila haben uns früher oft besucht, zusammen mit ihrem Sohn Janusz. Bis zur Invasion. Seitdem habe ich nichts mehr von ihm gehört. Gott allein weiß, ob er noch am Leben ist." Einen Moment lang suchte sie nach Worten. „Dann sind da Stanislaw und Jarek. Sie sind Zwillinge, aber sie könnten kaum unterschiedlicher sein. Sie sind noch in der Nähe. Irgendwo."

An der Art, wie ihre Stimme wachsam wurde, erkannte er, dass sie etwas verbarg. Ihre Brüder gehörten vermutlich zu den Partisanen. Vielleicht waren sie für die Sprengung des Eisenbahntunnels verantwortlich oder für seine Gefangennahme. Ihnen würde er lieber nicht von Angesicht zu Angesicht begegnen.

„Und dann gibt es mich. Ich bin die Jüngste. Aber da ich die Einzige bin, die noch auf dem Hof ist, versuche ich bestmöglich, alles am Laufen zu halten. Die Deutschen haben alles von Wert eingefordert und sie kommen immer mal wieder, um noch mehr zu verlangen."

„Das ist eine große Last auf den Schultern eines jungen Mädchens." Katrina war so zerbrechlich und doch so stark. Sein Herz schlug schneller vor Bewunderung.

Als Antwort starrte sie ihn wütend an. „Wir tun, was wir tun müssen. Und niemand wäre in dieser furchtbaren Lage, wenn da nicht euer schrecklicher Führer mit seinen hirnlosen rassistischen Ideen wäre!"

„Es tut mir leid. Ich wollte dich nicht beleidigen. Das hier ..."

Mit einer Geste schloss er den Raum und die Welt draußen mit ein. „… Ich hätte gut ohne all das auskommen können. Wir waren glücklich. Meine Familie und ich. Wir wollten diesen Krieg auch nicht."

„Lass uns so tun, als wäre die Invasion nie passiert und unsere Nationen wären noch befreundet", sagte sie. Das Lächeln kehrte in ihr Gesicht zurück. „Jetzt bist du dran, mir von deiner Familie zu erzählen."

„Ich habe sie seit fast zwei Jahren nicht mehr gesehen. Seit … seit dem Tag, als ich siebzehn wurde und meinen Marschbefehl erhalten habe. Mein Vater wurde schon 1940 eingezogen und wir wissen, dass er irgendwo in Russland in Kriegsgefangenschaft ist."

„Das tut mir leid." Katrinas Stimme war voller Mitgefühl.

„Meine Mutter und zwei meiner drei Schwestern leben in Berlin. Ursula, die älteste, arbeitet als Gefängniswärterin."

„Gefängniswärterin?" Ihr Kopf fuhr herum.

„Nicht freiwillig. Sie hat die Arbeit vom Reichsarbeitsdienst zugewiesen bekommen. Ursula würde niemals die Stimme erheben, um sich zu wehren oder sich zu beschweren. Also hat sie gehorcht. Anna dagegen, die zweite, hat mit Händen und Füßen gekämpft, um meine Eltern davon zu überzeugen, dass sie zur Universität gehen und Biologin werden darf. Aber sie musste sich damit abfinden, Krankenschwester zu lernen."

„Eine Krankenschwester. Dann sind wir praktisch Kollegen." Sie hielt ihm die Schüssel hin. „Kannst du mir damit helfen und das in die Gläser da drüben gießen?"

„Natürlich." Gemeinsam arbeiteten sie schweigend. Ihm brach bei der Anstrengung der kalte Schweiß aus. Katrina hatte recht, er wäre nicht in der Lage, das Haus zu verlassen. Nicht ohne drei oder vier weitere Tage der Erholung.

„Du hast gesagt, es gibt noch eine Schwester", bemerkte Katrina etwas später, als sie die Gläser mit Deckeln verschloss.

Richard kehrte zum Sessel zurück und ließ sich stöhnend hineinfallen. „Ja. Lotte. Sie ist siebzehn."

„Wie ich."

„Tatsächlich erinnerst du mich an sie", sagte er mit einem Lachen, während sich sein Geist seiner Heimat zuwandte. „Sie ist feurig, weiß, was sie will, nicht auf den Mund gefallen und geht ständig Risiken ein. Unsere Mutter hat sich solche Sorgen gemacht, weil sie die Naziregierung so wenig leiden konnte, dass sie sie zu unserer Tante aufs Land geschickt hat."

Ein glockenhelles Lachen füllte den Raum. „So, wie du sie beschreibst, bin ich mir sicher, wir würden gute Freundinnen werden, deine Schwester und ich."

„Das denke ich auch. Ich vermisse sie. Sehr sogar." Er rieb sich sein bärtiges Gesicht und spürte plötzlich die Last der ganzen Welt auf seinen Schultern. „Ich sollte wieder ins Bett gehen."

„Das solltest du", sagte sie nach einem prüfenden Blick auf sein Gesicht. „Das Fieber kommt zurück. Ruh dich aus. Ich bringe dir später noch eine Schüssel Suppe."

Richard nickte und wandte sich zum Gehen, aber im Türrahmen drehte er sich noch einmal um. „Vielleicht könntest du mir etwas anderes zum Anziehen geben. Wenn du etwas hast. Es ist für uns beide nicht sicher, wenn mich jemand in dieser Uniform sieht."

„Ich schaue nach."

Keuchend schleppte er sich die Treppe hinauf, wobei er alle vier Stufen innehalten musste. Dann fiel er ins Bett und war in Sekunden eingeschlafen.

Als er erwachte, stand die Sonne tief am Horizont und Stimmen drifteten von unten zu seinem Zimmer hoch. Er schlich zur Tür, um sie zu schließen, als er am Fuß der Treppe einen etwa elfjährigen Jungen mit zerzausten, dunklen Haaren bemerkte. Richard presste sich gegen die Wand und wagte nicht, auch nur das kleinste Geräusch zu machen, aus Angst, entdeckt zu werden.

„Tadzio, was kann ich für dich tun?“

„Ma wollte wissen, ob du etwas für Lolas Bauchweh hast. Sie hält uns die ganze Nacht wach mit ihrem Geschrei“, sagte der Junge.

„Das habe ich sicher“, sagte Katrina und bedeutete Tadzio, ihr in die Küche zu folgen, weg von der Treppe. „Komm rein und trink einen Kräutertee, während ich Lolas Medizin anrühre. Säuglinge brauchen ein bisschen, bis sie sich eingewöhnt haben, weißt du.“

Richard fragte sich, ob es nicht einfach am Hunger lag, dass das arme Würmchen heulte. Nachdem, was er so gesehen hatte, durften die Polen nicht viele Lebensmittel für sich behalten.

„Ich habe heute ein paar Fallen aufgestellt“, sagte der Junge, während er in die Küche ging. „Wenn ich Glück habe, komme ich morgen vorbei.“

„Hmm, das wäre schön, wenn du was übrighättest.“

Richard schloss geräuschlos die Tür und legte sich wieder ins Bett. Katrina hatte so viel mehr um die Ohren, als er jemals bewältigen könnte. Überwältigt von seinen intensiven Gefühlen für sie beschloss er, bei ihr zu bleiben und ihr zu helfen. *Damit bin ich offiziell ein Deserteur.*

Der Gedanke sollte ihm Angst machen. Sollte Schuldgefühle verursachen. Wenigstens sollte er sich schämen. Stattdessen durchströmte ihn Erleichterung wie ein frischer Bach. Hitlers Krieg war nicht mehr sein Krieg. Niemand konnte ihn zwingen, diese furchtbaren Gräuel zu begehen oder gutzuheißen. Seine Freiheit war zum Greifen nahe.

KAPITEL 12

Am nächsten Tag brachte Katrina ihm eine Hose und ein Hemd. „Sie haben meinem Bruder Piotr gehört. Ich habe es nicht übers Herz gebracht, die Sachen wegzugeben, in der Hoffnung, dass er eines Tages zurückkommt, um sie zu tragen." Sie ließ ihn allein, damit er sich umziehen konnte, und lachte herzlich, als er die Küche betrat.

„Dein Bruder muss ein großer und starker Mann sein", sagte er und zeigte auf die viel zu große Hose, die von seinen Hüften hing.

„Das ist er." Sie kicherte und eilte davon, um kurz darauf mit Hosenträgern wiederzukommen. „Hier, nimm die." Sie half ihm, sie an der Hose zu befestigen, und er lehnte sich – nur ein klein wenig – gegen ihre Berührung. Mit jeder Minute, die verstrich, mochte er diese wundervolle Frau lieber und suchte bei jeder sich bietenden Gelegenheit ihre Nähe oder Berührung. Natürlich nichts Unangemessenes. Sie war nicht diese Art von Mädchen und er war sicher, dass sie ihm eine Ohrfeige verpasste, wenn er zu frech würde.

„Wie sehe ich aus?" Er grinste, nachdem er sich wie eine alberne Halbwüchsige um die eigene Achse gedreht hatte. Nur für einen Moment gestattete er sich, seine Sorgen zu vergessen und sich frei und unbeschwert zu fühlen.

„Wie ein polnischer Bauer."

„Warte." Er sah ihr tief in die mitfühlenden Augen. „Ich möchte dir für alles danken, was du für mich getan hast. Du hast dein Leben riskiert, um meins zu retten."

„Nicht der Rede wert", sagte sie, doch eine charmante Röte überzog ihre Wangen.

„Doch, war es. Ich möchte mich wenigstens ein bisschen revanchieren." Er nahm ihre Hand in seine. „Wenn es dir recht ist, möchte ich bleiben und dir bei der Arbeit auf dem Hof helfen und bei allem, was du sonst noch tust."

Katrina biss sich auf die Oberlippe. Ihr innerer Kampf war deutlich an ihrem Gesicht abzulesen. „Du wirst Polnisch lernen müssen, um nicht aufzufallen."

„Ich kann deine Sprache schon ganz gut,", sagte er stolz.

„Dann lass mal hören."

Er murmelte ein paar Sätze, bis ihr Gekicher seine Stimme übertönte.

„Die Worte sind vielleicht richtig, aber dein Akzent verrät dich. Wenn Leute in der Nähe sind, hältst du besser den Mund."

Richard zuckte mit den Achseln. Er würde alles tun, um bei ihr zu bleiben. Einen magischen Moment lang rührte sich keiner der beiden. Sie zögerten, die starke Verbindung, die sie gefangen hielt, zu zerstören. Richard bewegte sich als Erster. Er streckte die Hand nach ihr aus, um sie in die Arme zu schließen. Lange standen sie so umschlungen, fühlten sich wohl in der Nähe des anderen, zwei Seelen verbunden gegen den Rest der Welt. Als sie den Kopf hob, um ihn anzusehen, bewegte sich der Boden unter seinen Füßen und mit zitternden Knien drückte er einen Kuss auf ihre weichen Lippen.

Er hatte ja keine Ahnung gehabt. Mit einem einzigen Kuss hörte die Welt auf, sich zu drehen.

* * *

Anfangs half Richard für ein oder zwei Stunden im Haus, doch je mehr Tage verstrichen, desto kräftiger wurde er und übernahm die schwere Arbeit auf den Feldern. Glücklicherweise lag der Bauernhof weit genug außerhalb, dass kaum Besucher kamen, abgesehen von dem Jungen namens Tadzio.

Als Stadtjunge beschränkten sich Richards Erfahrungen in der Landwirtschaft auf die kurzen Besuche bei seiner Tante Lydia. Doch Katrina erwies sich als geduldige Lehrerin und er hatte bald den Dreh raus. Er saugte ihr Wissen genauso auf, wie er als Junge die Worte und Weisheiten aus den Büchern aufgesaugt hatte. Er versuchte immer, mit ihr mitzuhalten und ihr zu beweisen, dass sie auf ihn zählen konnte, damit sie vergaß, dass er der Feind war.

Katrina und Richard hatten viel zu tun. Säen, Pflanzen, Unkrautjäten und sich um die Hühner und Kaninchen kümmern. Das Leben als Bauer war Schwerstarbeit, aber Richard machte es nichts aus. Es war eine willkommene Abwechslung, etwas zu schaffen, statt nur zu zerstören. Und er genoss den Frühling, die wärmeren Tage, die sprießenden Pflanzen, die dem geschundenen Land Farbe und Leben einhauchten.

Er hatte überlegt, seine Uniform zu verbrennen, beschloss aber dann doch, sie zu behalten, für alle Fälle. Sobald die Uniform sicher versteckt war, beruhigten sich seine panischen Gedanken und verdrängten die Gräuel des Krieges. Wenn er Katrina beobachtete, während sie einen Salat aus Blättern, Stängeln und Blüten zubereitete, die sie zuvor gesammelt hatten, vergaß er alles um sich herum.

„Hmm, das riecht herrlich. Was ist das?“

„Wilder Knoblauch, aber wir werden nicht ausschließlich von Grünzeug satt werden. Komm, ich zeige dir den besten

Platz in der Gegend, um Flusskrebse zu fangen." Sie schnappte eine Reuse und zog ihre Stiefel an.

Hand in Hand gingen sie die paar Hundert Meter zum Wald und folgten dann etwa eine Stunde lang einem gewundenen Pfad, ehe Richard das Gluckern von fließendem Wasser hörte. Sie traten auf eine Lichtung und er erblickte einen klaren Bach, der sich seinen Weg durch das üppige Gras bahnte und über einen winzigen Wasserfall in einen etwa lastwagengroßen Teich strömte.

„Zieh deine Schuhe aus", sagte sie, schnürte ihre Stiefel auf und zog sie aus, ebenso wie ihre Strümpfe. Barfuß traten sie in den eisigen Teich und unter Katrinas wachsamem Blick lernte er, wie man eine Flusskrebsreuse aufstellte. „Wir warten ungefähr eine Stunde oder so und schauen dann, was wir gefangen haben." Katrina kehrte auf die Lichtung zurück und ließ sich rücklings ins Gras fallen, das Gesicht den warmen Strahlen der Sonne zugewandt, während sie mit den Zehen wackelte. „Findest du es nicht auch herrlich, wenn der Frühling das Leben auf die Erde zurückbringt?"

„Das tue ich. Es geschieht jedes Jahr, wenn Persephone zurückkehrt, um mit ihrer Mutter auf der Erde zu leben", sagte er und folgte ihrem Beispiel. Katrina legte den Kopf auf seine Schulter und er wand eine Strähne ihrer braunen Haare um seinen Finger.

„Noch eine griechische Sage?"

„Ja. Soll ich sie dir erzählen?" Während seiner langen Genesung hatten sie viele Stunden in ihrer Küche gesessen und er hatte begonnen, ihr von all den Büchern zu erzählen, die er als Kind gelesen hatte.

Sie schmiegte sich enger an ihn und wärmte damit seinen Körper von innen heraus, so wie die Sonne ihn von außen wärmte.

„Demeter war die Göttin der Erde, der Landwirtschaft und der Fruchtbarkeit. Eines Tages verliebte sich Hades, der Gott der Unterwelt, in ihre Tochter, Persephone, und entführte sie in die Unterwelt. Demeter wurde so traurig, dass auf der Erde nichts mehr wuchs. Pflanzen, Tiere und letztendlich sogar die Menschen welkten dahin, der Fruchtbarkeit beraubt, die Demeter bis dahin so großzügig auf unserem Planeten verteilt hatte. Schließlich griff Zeus ein und rettete die Welt, indem er Hades dazu zwang, Persephone zu ihrer Mutter zurückzuschicken. Da Persephone aber schon in der Unterwelt gegessen hatte, war sie dort gebunden. Am Ende einigten sie sich auf einen Kompromiss. Persephone würde ein halbes Jahr bei ihrer Mutter auf der Erde leben und das andere halbe Jahr bei ihrem Mann Hades in der Unterwelt. Seitdem macht die Natur eine Pause, während Demeter um ihre Tochter trauert, bis sie in sechs Monaten zurückkehrt."

„Das ist eine schöne Legende", sagte Katrina und drehte sich, um ihm in die Augen zu sehen. Richard konnte nicht widerstehen. Er musste sie auf sich ziehen und ihre weichen Lippen küssen. Das Blut schoss ihm in die Lenden, während er ihr leichtes Gewicht auf seinem Körper spürte und seine Hände über ihren Rücken strichen.

Viel später kehrten sie zu der Reuse zurück und fanden ein Gewimmel von Krebsen und vereinzelten Fischen vor. Katrina benutzte eine Zange, um die Größten mit lautem Knall in ihren Eimer zu werfen und die kleinen Krebse in den Teich zurückzuwerfen.

Nach allem, was Richard durchgemacht hatte, konnte er sein Glück kaum fassen.

Das Leben war schön.

KAPITEL 13

Nachdem sie zum Hof zurückgekehrt waren, bereitete Katrina die Krebse mit dem Salat zu, während Richard Holz für den Herd hackte.

„Das Essen ist fertig", rief sie.

„Ich komme", schrie er zurück und wischte sich mit dem Handrücken den Schweiß von der Stirn.

Er sah Katrina zu, wie sie elegant den Tisch deckte, und dachte, dass sie das hübscheste Mädchen auf der ganzen Welt war. Es war beeindruckend, wie sie es schaffte, Tag für Tag eine reichhaltige Mahlzeit aus nicht viel mehr als wilden Pflanzen und gefangenen Tieren zuzubereiten. An manchen Tagen, so wie heute, fügte sie ein oder zwei Eier von den beiden übrig gebliebenen Hennen hinzu.

„Das schmeckt so gut, Katrina. Ich weiß nicht, wie du das machst", sagte Richard und spießte einen weiteren Bissen auf seine Gabel. „Es erinnert mich an Zuhause. Du würdest meine Mutter und meine Schwestern mögen. Vielleicht können wir eines Tages alle zusammen sein." Normalerweise versagte er sich Gedanken an die Zukunft, denn sie erschien ihm zu trist und unsicher.

„Wie könnte ich deine Familie nicht mögen, Richard?", erwiderte Katrina. „Ich hatte nie eine Schwester. Was muss das für eine Freude sein, nicht nur eine, sondern gleich drei zu haben." Sie bemerkte seinen sorgenvollen Ausdruck und legte ihre Hand über seine. „Wir dürfen die Hoffnung nicht aufgeben."

„Ich weiß. Aber manchmal ..." Richard brach ab. Es war sinnlos, sie mit seinen Bedenken zu belasten. „Du erinnerst mich so sehr an meine Schwester Lotte. Eigenwillig und stur wie ein Esel."

„Ist das so?" Katrina lachte.

Ein kräftiges Klopfen an der Tür unterbrach sie und sie sahen einander ängstlich an. In diesen Tagen waren Besucher selten Freunde.

„Schnell, versteck dich in der Abstellkammer", sagte Katrina und schob ihn in Richtung der versteckten Falltür.

Richard wollte protestieren. Seit wann musste er von einer Frau beschützt werden? Es sollte andersherum sein. Aber sie kannte ihn gut genug und sah ihn streng an, während sie die Falltür öffnete und mit der Hand auf das Loch im Boden deutete. Kaum war er die Leiter hinuntergestiegen, schloss sie die Falltür über ihm. Das aufdringliche Klopfen ging weiter, als sie zur Haustür ging, um sie zu öffnen.

Zusammengekauert in dem engen Loch unter dem Küchenboden spitzte Richard seine Ohren und hörte kurz darauf Schritte. Leichte Schritte. Das war Katrina. Und schwere Schritte. Ein Mann. Mit Stiefeln. Und ein weiteres Paar Stiefel. Der Rhythmus war ihm vertraut. Eine deutsche Stimme. Soldaten.

In seinem Versteck gefangen, unfähig die Falltür von innen zu öffnen, ballte er seine Hände zu Fäusten. Wenn die deutschen Soldaten Katrina Leid antun wollten, dann konnte er nichts anderes tun, als zu warten und zuzuhören.

Und zu beten.

Eine Stimme erklärte, dass sie gekommen waren, um

Lebensmittel zu requirieren. Ein Seufzen entschlüpfte ihm. Zwei Soldaten und ein hübsches Mädchen ganz allein – es hätte schlimmer kommen können. Diese Art von zufälliger Einforderung von Lebensmitteln war offiziell nicht erlaubt und ein Soldat, der dabei erwischt wurde, konnte im Bunker landen. Aber wer würde es wagen, ihn zu verpfeifen? Die polnischen Zivilisten mit Sicherheit nicht. Die gingen nicht in die Nähe der Baracken oder Verwaltungshauptquartiere, wenn sie nicht vorgeladen wurden.

Wieder leichte Schritte, gefolgt von schweren. Hektisches Gackern. Flügelschlagen. Ein zufriedenes, wieherndes Gelächter. Öffnen und Schließen von Schränken. Stimmen, deren Worte er nicht ausmachen konnte. Schritte. Das Zuschlagen der schweren Haustür. Stille.

Einige lange Augenblicke später kam Katrina zurück und öffnete die Falltür. Er kletterte heraus und nahm sie in die Arme.

„Sie haben die Hühner, die Kaninchen und alle Kartoffeln mitgenommen." Sie weinte nicht, aber er spürte, wie ihr zarter Körper vor Verzweiflung und Wut zitterte.

„Wir kommen schon zurecht. Irgendwie", versicherte Richard ihr, obwohl er keine Ahnung hatte, was sie essen sollten, wenn der Kartoffelvorrat weg war. Und die Hühner, die jede Woche zuverlässig ein paar Eier gelegt hatten.

Als er aufsah, sah er den Jungen, Tadzio, der ihm in drohender Pose gegenüberstand und mit einer Schleuder auf ihn zielte. Richard erstarrte vor Schreck. Katrina musste es bemerkt haben, denn sie drehte sich in seinen Armen um.

„Tadzio! Nein. Er ist ein Freund."

Der Junge wirkte nicht überzeugt und behielt seine abwehrende Haltung bei. „Ich habe die Hühner wie verrückt gackern hören und die Deutschen gesehen, also bin ich gekommen, um nach dir zu sehen."

Katrina machte sich von Richard los und näherte sich dem

Jungen, um ihm einen Kuss auf die Stirn zu drücken. „Vielen Dank, großer Mann. Die Soldaten sind weg. Sie haben unsere Tiere und einen Sack Kartoffeln mitgenommen."

„Soll ich sie verfolgen?", fragte Tadzio breitbeinig und vollkommen überzeugt, dass ein mit einer Schleuder bewaffneter Elfjähriger es mit zwei erwachsenen – und bewaffneten – Männern aufnehmen konnte.

„Nein. Wir sollten lieber keine Unruhe stiften, meinst du nicht?" Katrina legte eine Hand auf seinen Arm. „Ich bin dir so dankbar, dass du auf mich aufpasst."

Tadzio strahlte vor Stolz, doch dann fiel sein Blick wieder auf Richard und sein Ausdruck verfinsterte sich. „Wer ist das? Den habe ihn noch nie gesehen."

„Das ist Richard", antwortete Katrina, ohne nachzudenken.

„Richard?" Tadzio spuckte den Namen förmlich aus. „Ein Deutscher? Wie kannst du mit *denen* gemeinsame Sache machen?"

„Es ist nicht so wie es aussieht." Katrina sah nervös zwischen den Beiden hin und her. „Er hat mir das Leben gerettet, damals in Baluty. Wenn Richard nicht gewesen wäre, stünde ich heute nicht hier."

Tadzio runzelte die Stirn. „Das erklärt nicht, warum er hier ist."

Richard trat vor. „Mein Zug ist entgleist, als der Tunnel explodiert–"

„Das war gute Arbeit, die unsere Jungs da geleistet haben." Tadzio strahlte wieder.

„Das war es", musste Richard zugeben. „Ich wurde verwundet und die Partisanen wollten mich an einen Baum knüpfen." Tadzio zog bei Richards Worten die Nase kraus. „Katrina hat mich gerettet und mich gesund gepflegt. Ich habe beschlossen, zu bleiben und ihr auf dem Hof zu helfen."

Tadzio legte den Kopf schief. „Dann bist du … ein Wehrmachtssoldat?" Der Junge hüpfte auf der Stelle auf und ab. „Oh mein Gott! Du bist ein Deserteur! Ein deutscher Deserteur. Jetzt weiß ich ganz sicher, dass wir diesen Krieg gewinnen werden."

Sowohl Richard als auch Katrina mussten schmunzeln. Für ein Kind waren die Dinge entweder schwarz oder weiß. Die Komplikationen der unendlichen Menge an Grautönen dazwischen kamen erst mit dem Erwachsenwerden.

„Du wirst ihn doch nicht verraten, oder?", flehte Katrina.

„Ich denke nicht." Tadzio setzte ein ernstes Gesicht auf, ehe er fortfuhr: „Solange er dir nichts tut. Wenn doch, sag mir Bescheid und er ist Geschichte."

„Ich verspreche, dass ich Katrina niemals wehtun werde", sagte Richard und streckte dem Jungen seine Hand entgegen. Tadzio schüttelte sie und wirkte sehr zufrieden mit sich selbst.

Es war nicht leicht gewesen nach dem Hühnerfiasko, aber das Gute war, dass Richard Tadzio ins Herz geschlossen hatte. Die beiden waren wie Brüder und verbrachten viel Zeit miteinander bei der Arbeit auf dem Hof, wofür Katrina den Jungen immer mit Essen belohnte, das er seiner Mutter und den beiden Schwestern mit nach Hause bringen konnte. Seit sein Vater in der Schlacht gefallen war, war Tadzio der Mann im Haus und tat sein Bestes, die Familie zu versorgen.

Katrina und Richard pflügten das Feld hinter dem Hof um; eine schweißtreibende Arbeit, die vor dem Krieg mit einem Ochsen erledigt worden war. Schweiß tropfte von Richards Stirn und lief ihm in Strömen den Rücken herunter. Er streckte seine Wirbelsäule durch und schaute zur Frühlingssonne hinauf, die hoch am Himmel stand und mit unerwarteter Kraft auf sie herab brannte. Ganz kurz wünschte er sich zurück in die kalten Winterwinde.

Er stürzte eine Schale Wasser aus dem Brunnen herunter und bot dann Katrina eine an. Sie streckte sich ebenfalls, schenkte ihm ein bezauberndes Lächeln und wie immer setzte sein Herz für einen Schlag aus. Diese wunderschöne Frau sah so zierlich aus, aber sie hatte die Stärke und Widerstandskraft eines Ochsen. Er konnte nicht anders, als sie in seine Arme zu ziehen, was in einem leidenschaftlichen Kuss endete.

„Wir müssen weitermachen." Sie seufzte und löste sich aus seiner Umarmung. Es war höchste Zeit, dieses Feld einzusäen und zu bepflanzen, wenn sie im kommenden Winter etwas zu Essen haben wollten. Richard hatte noch nie zuvor zu schätzen gewusst, wie schwer die Bauern arbeiteten und wie eng ihr Leben mit den Jahreszeiten verwoben war. In Berlin bedeuteten zwei Tage Regen lästige nasse Füße und schlammige Straßen, aber hier konnte es den Unterschied zwischen reicher Ernte oder Hunger bedeuten.

„Ja." Er nahm den Spaten in seine blasenübersäten, schmerzenden Hände und stieß ihn wieder in die Erde. Katrina folgte seiner Spur, säte, pflanzte und wässerte.

Stunden später erschien eine Person, die den Weg zum Bauernhaus entlang ging. Richard hielt in seiner Arbeit inne und versuchte, den Besucher zu erkennen. „Es ist Tadzio", sagte er erleichtert.

Der Junge eilte in den Garten und winkte mit einer Hand, während die andere einen Sack über der Schulter trug. „Ich war den ganzen Tag an der Kreuzung, habe Beeren an Passanten verkauft und ein paar interessante Berichte vom Krieg gehört. Es scheint nur noch eine Frage von Monaten, sogar von Tagen zu sein, bis ein Waffenstillstand ausgerufen wird."

„Beeren verkauft?" Richard lachte. „Du bist so ein Optimist, Tadzio. Wer hat denn hier schon Geld, um Beeren zu kaufen? Und was die Gerüchte angeht: Glaube kein Wort von dem, was du da hörst."

„Die Leute halten schon an und geben mir ein paar Pfennige für meine Früchte", sagte Tadzio mit wichtiger Miene.

„Wie viel hast du verdient?“ Katrina kicherte angesichts der Dreistigkeit des Jungen.

„Genug, um diese hier von dem Mann zu kaufen, der mit seinen Körben neben mir saß.“ Tadzio grinste und öffnete den Sack. „Für dich, Katrina“, fügte er schüchtern hinzu und Richard stellte fest, dass er nicht der Einzige war, der sich in das bezaubernde Mädchen verliebt hatte.

„Hühner“, rief Katrina und packte die aufgeregte Henne, um sie in das leere Gehege zu setzen. „Vielen, vielen Dank, aber du hättest dein Geld nutzen sollen, um Essen für deine Mutti zu kaufen.“

Ein freches Grinsen huschte über sein Gesicht. „Ich habe zwei gekauft und eine gebe ich dir. Dafür musst du gut auf meine Henne aufpassen und mir ihre Eier geben.“

„Abgemacht.“ Katrina schüttelte seine Hand. Sie wusste, dass Tadzios Haus und Garten viel zu klein waren, um ein Huhn zu halten, wohingegen sie genug Platz hatte. „Du bist der beste kleine Bruder auf der ganzen Welt.“ Ihr Kompliment begeisterte den Burschen, der knallrot wurde und unbeholfen mit den Schultern zuckte.

„Wenn deine echten Brüder zurückkommen, vergisst du mich wieder“, sagte er mit Tränen in den Augen.

Richard wusste, dass Katrina sehnsüchtig auf Nachricht von Stanislaw und Jarek wartete, von denen sie schon seit Wochen nichts mehr gehört hatte. Er legte den Arm um sie. „Deine Brüder werden bald auftauchen. Ich wette, denen gehts gut.“

„Sie waren noch nie so lange weg. Aber seit sie diesen Eisenbahntunnel gesprengt haben–” Sie schlug die Hand vor den Mund. „Tut mir leid.”

„Das muss dir nicht leidtun. Sie tun nur, was sie tun müssen. Wir alle tun schreckliche Dinge in diesem Krieg.“ Richard schluckte. Er hatte schon lange den Verdacht, dass die Tunnelexplosion das Werk des Widerstandes war, aber zu hören, dass Katrinas Brüder daran beteiligt gewesen waren, seine Kameraden zu töten, versetzte ihm einen Stich ins Herz. Karl kam ihm in den Sinn und Tränen drohten zu fließen. Aber die Blöße würde er sich nicht geben, vor einer Frau und einem Jungen zu weinen.

Dann kam ihm noch ein anderer, beängstigender Gedanke. Was würde geschehen, wenn ihre Brüder tatsächlich zu Hause auftauchen würden? Es würde ihnen sicher nicht gefallen, einen Deutschen dort vorzufinden.

KAPITEL 14

Am nächsten Tag, nachdem die Dämmerung über dem polnischen Flachland eingesetzt hatte, hörte Richard kratzende Geräusche aus der Küche. Alarmiert schnappte er sich den Knüppel neben seinem Bett und schlich nach unten. Doch noch ehe er das Erdgeschoss erreicht hatte, wurde er von starken Armen gepackt und eine große Hand legte sich über seinen Mund.

Richard trat nach seinem Angreifer, hörte aber sofort auf, als er das deutliche Klicken hörte, mit dem eine MP40 entsichert wurde, die deutsche Standardinfanteriewaffe. Während er sich noch das Gehirn zermarterte, ob er sich als Deutscher zu erkennen geben sollte oder nicht, leuchtete ihm jemand mit einer Lampe ins Gesicht. In dem kurzen Moment, bevor der Lichtkegel ihn blendete, erhaschte er einen Blick auf die Kleidung des Mannes mit dem Maschinengewehr. Definitiv nicht Wehrmacht. Also war die Waffe erbeutet.

„Was ist da unten los? Richard?“ Katrinas Stimme jagte eine heiße Welle der Erleichterung durch Richards Adern, gefolgt von eisiger Angst. Kurz darauf kam Katrina mit einer Lampe herunter und Richard konnte den Mann deutlich erkennen, der die Waffe auf ihn gerichtet hatte. Ein dreckiger Mann mit breiten Schultern, dunklen verfilzten Haaren und einem Vollbart. Das Gewehr war eindeutig deutsch, aber die abgewetzte Kleidung war polnisch – Heimatarmee.

„Katrina? Geht es dir gut?", fragte einer der Männer.

„Stan! Jarek! Ich habe mir solche Sorgen um euch gemacht." Sie stürmte die Treppe herunter. „Nimm die Waffe runter, Richard ist ein Freund."

Widerwillig senkte der Mann sein Gewehr und schloss seine Schwester in die Arme, doch der andere Mann hielt noch immer Richards Arm hinter seinem Rücken fest und den Mund mit der Hand bedeckt. Erst als Katrina sich umdrehte und den Mann hinter Richards Rücken böse anfunkelte, ließ er los.

„Dziekuje", bedankte sich Richard und rieb seine schmerzende Schulter.

„Hast du den Verstand verloren, Schwesterherz? Wer ist der Bastard mit dem deutschen Namen und Akzent?"

„Kommt in die Küche, ihr müsst hungrig sein", sagte Katrina und ging voraus zum Herd, in dem die Kohlen noch glühten.

Jarek oder Stan schubste Richard in die Küche und erinnerte ihn durch eine Handbewegung an das Maschinengewehr, das er jederzeit wieder auf ihn richten konnte. Katrina wärmte eine herzhafte Suppe mit ein paar Kartoffeln auf, die sie tagsüber beim Umgraben des Feldes gefunden hatten. Dazu reichte sie ein großzügiges Stück des wilden Kaninchens, das sie vor wenigen Tagen gefangen hatten. Der Geruch von Essen schien ihre Brüder genug zu besänftigen, dass sie sich an den Tisch setzten und ihre Waffen an die Rückenlehnen ihrer Stühle hängten.

Richard hielt es für das Beste zu verschwinden, doch als er sich aus der Küche schleichen wollte, rief ihn einer der Brüder zurück. „Deutscher Bastard, du bleibst hier, wo ich deine Hände sehen kann."

„Hör auf, ihn zu beleidigen. Er ist ein guter Mann", ging

Katrina dazwischen, während sie ihren Brüdern große Schüsseln mit dampfender Suppe vorsetzte.

„Er ist ein Fritz."

„Also warum ist er hier?", fragte der andere, der eine lange, hässliche Narbe auf der Wange hatte.

„Er ist hier, weil er irgendwo bleiben musste und ich Hilfe auf dem Hof brauchte, Jarek."

Das ist also Jarek. Abgesehen von der Narbe sahen die Männer völlig identisch aus.

Stan schob seine halb leere Schüssel weg und schaute finster drein. „Du hättest uns sagen können, wenn du Hilfe brauchst."

„Wie denn? Ich habe euch wochenlang nicht gesehen. Soviel ich wusste, hättet ihr inzwischen tot sein können." Sie starrte ihren Bruder an. „Macht ihr eure Arbeit und lasst mich meine machen."

Jarek schien weniger temperamentvoll zu sein als sein Zwilling und löffelte seine Suppe schweigend, ehe er sich zurücklehnte und seiner Schwester die Schüssel hinhielt. „Das ist fantastisch. Kann ich noch mehr haben?"

Sie lächelte bei dem Kompliment und füllte seine Schüssel auf. „Willst du auch noch was, Stan?"

Stan nickte knurrend und stürzte sich dann auf sein Essen, als wäre es die erste warme Mahlzeit seit Tagen. Sobald er fertig war, starrte er Richard mit unverhohlener Feindseligkeit an. „Der Fritz muss weg."

„Nein", sagte Katrina und stemmte die Fäuste auf die Hüften.

„Bist du bekloppt, Katrina?", brüllte Stan sie mit hochrotem Kopf an. „Er ist ein verdammter Deutscher. Er wird keine weitere Minute in diesem Haus bleiben. Tatsächlich sollte er keine weitere Minute auf dieser Erde verweilen." Stans Hand griff nach seiner MP40.

„Du legst sofort die Waffe weg oder du erschießt mich zuerst!" Katrina schirmte Richard mit ihrem Körper ab. „Du hörst mir jetzt erst einmal zu, anstatt dir von deinem Hass das Hirn vernebeln zu lassen."

„Wir könnten erst zuhören und ihn später erschießen", grummelte Jarek.

Richard hasste es, wie sie über ihn redeten, als wäre er gar nicht da. Katrina tat ihm leid, die das harte Urteil ihrer Brüder ertragen musste. Und er hatte Angst um sein Leben. Nachdem was Richard bisher gesehen hatte, war Stans Geduldsfaden ziemlich kurz und er wusste gut mit dem Maschinengewehr umzugehen. Bei diesem Abstand würde ihn die Waffe in tausend Stücke zerfetzen.

„Richard ist ein guter Mann. Er hat mich in Baluty davor bewahrt, von seinen Kameraden geschändet und wahrscheinlich ermordet zu werden.

„Und du bezahlst deine Schuld, indem du ihm exklusiven Zugriff auf deinen Körper gewährst?" Die Adern an Stans Hals pulsierten vor Wut. „Schäm dich, dass du dich mit dem Feind einlässt. Ihr verdient es beide, erschossen zu werden, für die Schande, die du über unsere Familie gebracht hast!"

Richard konnte nicht länger schweigen. „Ich habe eure Schwester nicht angefasst. Ich würde mich nie einer Frau aufdrängen. Niemals."

„Wie ... wie könnt ihr so etwas von mir denken?" Tränen der Wut rollten über Katrinas Wangen und sie schoss eine Salve schneller polnischer Worte auf ihre Brüder ab, die Richard nicht verstand. Sie stritten hin und her, viel zu schnell für ihn, um etwas zu verstehen, aber am Ende stimmten ihre Brüder widerstrebend zu, dass Richard im Bauernhaus bleiben konnte – fürs Erste.

„Wie lange werdet ihr bleiben?", fragte Katrina schließlich.

„Ich fürchte, wir müssen vor dem Morgengrauen aufbrechen. Es ist zu gefährlich, in der Gegend gesehen zu werden. Die Landsleute von deinem Fritz haben ein Kopfgeld auf uns ausgesetzt."

Katrina umarmte jeden von ihnen einen langen Moment, ehe sie nach oben ging, um das dritte Schlafzimmer für die beiden herzurichten. Sobald sie außer Hörweite war, trat Stan nahe an Richard heran und sagte: „Hör mir gut zu, Fritz. Wenn du meine Schwester auch nur anrührst, werde ich dir mit größtem Vergnügen beide Hände abhacken und dich dann einen langsamen, qualvollen Tod sterben lassen. Verstanden?"

„Vollkommen." Richard glaubte Stan jedes Wort und beschloss, dass jetzt nicht der richtige Zeitpunkt war zu gestehen, dass er und Katrina sich bereits geküsst hatten.

KAPITEL 15

Als Richard vor Sonnenaufgang aufstand, begrüßte Katrina ihn mit dunklen Rändern unter den Augen. Sie war die ganze Nacht aufgeblieben, um die Sachen ihrer Brüder zu waschen. Im Gegensatz zu ihrer normalen Morgenroutine wagte er es nicht, ihr einen Kuss zu geben oder sie zu umarmen, während sie die letzten Sachen und Lebensmittel in die Beutel der Brüder stopfte.

Stattdessen half er, den Tisch zu decken, während sie das Frühstück zubereitete. Um den besonderen Tag zu feiern, plünderte sie den Wochenvorrat an Eiern von der neuen Henne und holte sogar ein Stück Wurst aus der versteckten Vorratskammer unter dem Küchenboden.

Stan und Jarek kamen ein paar Minuten später herunter und bedachten Richard mit bösen Blicken. Dann berichteten sie von den Gerüchten über die drohende Schließung des Ghettos in Lodz und die Deportation aller Bewohner.

„Es stimmt. Der Wehrmacht wurde befohlen, Transportmöglichkeiten sicherzustellen, damit alle in den Osten umgesiedelt werden können."

„Du meinst in ein Vernichtungslager." Stan verzog das

Gesicht, während er die Worte hervorstieß. „Umsiedlung bedeutet die Gaskammer, wenn du Glück hast, oder sich in einem eurer Lager zu Tode schuften, was, Richard?"

Richard wurde leichenblass. Er war nicht bereit zu glauben, dass Stan seine schlimmsten Befürchtungen bestätigte. „Das kann nicht stimmen. Warum sollten sie das tun?"

„Dein guter Deutscher ist wie jede andere von diesen Ratten", sagte Stan zu Katrina gewandt, dann giftete er Richard wieder an. „Bist du wirklich so blöd oder schützt du nur deine sadistischen Landsleute?"

„Nein, nein ..." Richard schüttelte den Kopf, aber Stan fuhr ihm ins Wort: „Hast du dich jemals gefragt, wie jemand mit einer halben polnischen Ration überleben soll, die schon geringer ist als das, was ein Deutscher bekommt? Hast du dich jemals gefragt, warum niemand je aus diesen Lagern zurückkommt? Hast du mal die in Lumpen gehüllten Skelette gesehen, die die Arbeit eines Ochsen verrichten?"

Richard spürte, wie ihm das Blut in die Füße sackte, während er Stan lauschte, der das Schicksal der Juden unter deutscher Besatzung in den abscheulichsten Details schilderte. Die Eindrücke, die er wahrgenommen hatte, fügten sich plötzlich zusammen. Die Schamesröte für seine Nation durchfuhr seinen Körper und stieg ihm in die Wangen.

„Ich ... ich hatte keine Ahnung." Er sackte auf seinem Stuhl zusammen und schob das halb gegessene Frühstück von sich.

„Jetzt schon", stimmte Jarek mit ein. „Und was wirst du dagegen tun? Hier rumsitzen und dir leidtun?"

„Lass ihn in Frieden", sagte Katrina, aber ihre Einmischung brachte ihre Brüder nur noch mehr auf.

„Du bist ja noch nicht mal Manns genug, um bei deiner Armee zu bleiben. Du bist desertiert, um deine eigene Haut zu retten, weil du weißt, dass die Deutschen diesen Krieg verlieren werden, und zwar bald!", brüllte Jarek. „Du bist ein dreckiger Feigling, jawohl!"

Richard fand nicht, dass er ein Feigling war. Naiv, ja, vielleicht auch dumm, aber kein Feigling. Er hatte sich freiwillig für die Front gemeldet, weil er die Gräueltaten der SS gegen die Zivilbevölkerung nicht länger mit ansehen konnte. Aber er zog es vor, das nicht zu erwähnen; es würde nichts dazu beitragen, Stans und Jareks Hass zu mildern. In ihren rachsüchtigen Augen machte seine deutsche Abstammung ihn zum Kriminellen, auch ohne Richter oder Geschworene.

„Jeder verdammte Deutsche ist ein Rädchen in der Maschine, die Europa plattwalzt und Millionen und Abermillionen tötet."

„Du hast recht", sagte Richard und brachte Jarek damit zum Schweigen. Drei Köpfe fuhren herum und drei Paar Augen wurden bei seinem Eingeständnis aufgerissen. „Ich war ein Rädchen in der deutschen Kriegsmaschinerie, aber jetzt nicht mehr. Ich will meinen Teil dazu beitragen, diesen Wahnsinn zu stoppen." Die Worte, die da aus seinem Mund purzelten, schockierten ihn genauso wie die drei Polen. Wann hatte er den Sprung vom flüchtenden Deserteur zum aktiven Teilnehmer am polnischen Widerstand vollzogen?

Katrina gewann als Erste ihre Fassung wieder. Sie goss jedem einen speziellen Kräutertrunk ein, der fast wie Kaffee schmeckte, und sagte: „Ich mache mir Sorgen um Agnieska."

„Wer ist das?"

„Agnieska ist unsere Schwägerin. Ihre Schwester Ludmila war mit Piotr verheiratet, unserem ältesten Bruder, der seit der Invasion vermisst wird", erklärte sie mit müder Stimme. Als sie keine weitere Erklärung lieferte, übernahm Jarek für sie. „Agnieska und Ludmila sind Juden."

Richard wagte kaum, die nächste Frage zu stellen. „Wo sind sie jetzt?"

„Was denkst du denn, Fritz?" Stan runzelte die Stirn. „Im Ghetto in Lodz, natürlich."

„Piotr hat die beiden Frauen und seinen Sohn Janusz zu uns

auf den Hof geschickt, bevor der Krieg ausgebrochen ist, weil er dachte, sie wären hier sicherer als in Warschau. Aber …" Katrina hatte Mühe, das Zittern aus ihrer Stimme zu halten. „… sie wurden vor drei Jahren gezwungen, in das Ghetto umzuziehen. Etwa einen Monat später bekamen wir die Nachricht, dass Ludmila an einem Fieber gestorben war …" Jetzt versagte ihr die Stimme.

„Vor zwei Jahren wurden alle Kinder nach Chełmno deportiert und dort vergast. Alle. Janusz war auf der Liste." Stan kämpfte jetzt selbst mit den Tränen. „Aber soweit wir wissen, ist unsere Schwägerin noch am Leben."

„Nicht mehr lange", fügte Jarek hinzu.

Die drohende Schließung des Ghettos mit folgender Deportation aller Bewohner in ein Todeslager hing über der kleinen Gruppe wie eine dunkle Gewitterwolke.

„Könnt ihr sie nicht da rausholen?", fragte Richard und wieder starrten ihn drei Paar Augen an, als ob er verrückt geworden sei.

„Bist du irre, Fritz? Glaubst du, wir können da einfach reinspazieren, sie finden und wieder herausspazieren?" Stans Blicke schossen Dolche auf Richard, aber Jarek legte den Kopf schief und murmelte: „Wenn wir einen Plan hätten … wir bräuchten einen Plan … es muss doch einen Weg geben …"

Die Atmosphäre im Raum veränderte sich und schon bald schmiedeten sie Pläne, wie sie Agnieska retten konnten, ehe das Ghetto plattgemacht wurde. Schließlich beschlossen sie, dass Stan und Jarek erst ein paar Erkundigungen einholen mussten.

KAPITEL 16

Katrina und Richard machten weiter mit ihrem Alltagstrott auf dem kleinen Hof. Sie hatten Quoten zu erfüllen und an die Deutschen zu verkaufen, mussten sich selbst und eine Truppe Widerstandskämpfer ernähren, die sich im Wald versteckte. Es gab nie genug zu essen und auch das Geld war immer knapp.

Aber sie hatten einander und allen Gefahren zum Trotz hielten sie sich an den kleinen Momenten des Glücks fest, als ob ihr Leben davon abhinge. Mit dem Geschenk einer Wildblume konnte Richard Katrinas Gesicht aufhellen und einen Kuss zur Belohnung einheimsen, der sein Innerstes zum Schmelzen brachte und sein Verlangen nach ihr anstachelte. Solange es noch den Hauch einer Hoffnung gab, ließen sie sich nicht von der Tristheit des Krieges unterkriegen.

Mehrere Tage später stolperte ein verwahrloster Stan in der Abenddämmerung in das Bauernhaus, ohne ein Wort zu sagen. Katrina führte ihn zum Küchentisch und schenkte ihm einen Becher heißen Kräutertee ein, der auf dem Herd bereitstand. Er nippte an dem Getränk und starrte mit leerem Blick an die Wand.

„Was ist passiert? Wo ist Jarek? Habt ihr etwas über Agnieska herausgefunden?“, fragte sie voller Angst, aber er wollte nicht antworten.

Richard erkannte den lethargischen, gedämpften Ausdruck in Stans Augen und befürchtete das Schlimmste. Er bedeutete Katrina, ihm keine weiteren Fragen zu stellen, sondern stattdessen Abendessen zu machen. Sie hatte das Fleisch von zwei Eichhörnchen aufbewahrt, die Richard tags zuvor in einer Falle gefangen hatte, und gab eine großzügige Portion in den Kartoffel- und Möhreneintopf auf dem Herd. Nachdem er aufgegessen hatte, vergrub Stan den Kopf in seinen Armen und schluchzte. Katrina eilte zu ihm und tröstete ihn wie ein weinendes Kind.

Da er Stan nicht blamieren wollte, schlich sich Richard aus der Küche und scheuchte die Hühner im Hinterhof für die Nacht in ihren Stall. Er hatte die Tür gerade sicher gegen menschliche und tierische Eindringlinge verschlossen, da gellte ein schriller Schrei durch die Stille der Nacht.

Richard rannte in die Küche zurück und sah, wie eine verzweifelte Katrina mit den Fäusten auf Stans Brust trommelte, ehe sie mit verquollenen Augen in den Sessel neben dem Kamin sank.

„Jarek ist tot“, erklärte Stan.

Richard zog die weinende Katrina in seine Arme, was ihm einen hässlichen Blick ihres Bruders einbrachte, aber das war ihm jetzt völlig egal. Er hielt sie, bis sie zu weinen aufhörte und sich mit dem Handrücken das Gesicht abwischte.

„Was machen wir denn jetzt?“, fragte sie leise.

„Jarek hat herausgefunden, dass die Gerüchte über die Schließung des Ghettos stimmen. Die Fabriken bilden Zwangsarbeiter aus, um die Arbeit der Juden zu übernehmen.“

Ein Schauer lief über Richards Rücken. Alles in seinem Land, selbst die Auslöschung eines ganzen Volkes, musste nach einem sorgfältig ausgearbeiteten Plan ablaufen. Die armen

Seelen wurden gezwungen, ihre Nachfolger einzuarbeiten, ehe man sie in den Tod schickte.

„Wir müssen Agnieska retten, das sind wir Jarek schuldig", sagte Katrina schluchzend.

„Bitte überstürzt nichts", riet Richard. „Das Ghetto wird schwer bewacht und–"

„Wer hat dich denn gefragt, deutsches Schwein?", brüllte Stan. „Halts Maul. Das ist alles deine Schuld! Wenn euer wahnsinniger Führer nicht wäre, wäre Jarek noch am Leben!"

„Richard versucht doch nur, uns zu helfen." Katrina brach wieder in Tränen aus.

„Bring ihn hier weg, bevor ich diesen Hunnen mit bloßen Händen erwürge." Stan stand mit geballten Fäusten auf. Sein hasserfüllter Blick durchbohrte Richard, während sein Körper vor Wut bebte.

Richard hob beide Hände und ging rückwärts aus dem Raum. „He, beruhige dich. Ich verstehe deinen Schmerz, aber ich habe deinen Bruder nicht umgebracht."

„Das ist egal. Ein Deutscher ist so gut wie jeder andere, um für die Verbrechen seiner Landsleute zu sühnen." Richard zog es vor, nicht zu antworten, und verschwand die Treppe hinauf in sein Zimmer. Viel später hörte er, wie erst Katrina und dann Stan ins Bett gingen. Dann schlich er auf Zehenspitzen nach unten, um das Klohäuschen im Hinterhof zu benutzen. Als er wieder hereinkam, sah er Stan mit grimmigem Gesicht in der Küche stehen.

„Ich will, dass du verschwindest. Ich werde nicht zusehen, wie du meine Schwester schändest", sagte Stan.

„Ich werde nicht–"

„Glaubst du, ich bin blöd? Ich sehe doch, wie ihr zwei euch anschaut. Mach dir keine Hoffnungen, Bastard."

Richard spürte, wie die Wut sein Blut zum Kochen brachte. Stan mochte verletzt und in Trauer sein und einen gerechtfertigten Hass auf alles Deutsche verspüren, aber das gab ihm nicht das Recht, Richard seine verbale Kotze vor die Füße zu spucken. „Halt dich zurück. Das ist nicht deine Entscheidung."

Im nächsten Moment landete Stans Faust auf Richards Kinn und er stöhnte vor Schmerz. „Scheiße", murmelte Richard und ließ die Fäuste fliegen. Er dachte nicht mehr nach, sondern sein Instinkt übernahm. Instinkt und ständiges Training. Ein Nahkampf von Mann zu Mann war das Letzte, was ein Soldat sich wünschte, aber das bedeutete nicht, dass er nicht darauf vorbereitet war. Während das Adrenalin in seinen Ohren dröhnte, ließ Richard seinen aufgestauten Gefühlen freien Lauf. Schuld, Frustration, Wut, Hoffnungslosigkeit, Angst. Er hieß den Wahnsinn willkommen und trat, boxte und schlug, bis er Blut schmeckte.

Der metallische Geschmack brachte ihn zurück in die Realität. Stan war nicht der Feind. Er duckte sich unter dem nächsten Schlag weg und schrie, „Stan, hör auf! Ich liebe deine Schwester!"

Stan hielt eine Sekunde lang verwirrt inne und gab Richard damit die Möglichkeit, den großen Holztisch zwischen sie zu bringen. Ein, zwei Minuten lang umrundeten sie den Tisch, bis eine schläfrige Stimme rief: „Hört auf. Alle beide. Sofort."

Katrina kam in die Küche und baute sich als menschliche Schranke zwischen den beiden Streithähnen auf. Richard warf ihr aus dem Augenwinkel einen Blick zu, während sein Fokus auf Stan blieb, dessen Schultern herabsackten, während die Luft mit einem Seufzer aus seinen Lungen wich.

„Tut mir leid, Kat", murmelte Stan und wollte den Raum verlassen.

„Du bleibst." Ihr Befehl schnitt durch den Raum wie ein Messer durch Butter und beide Männer fuhren zu ihr herum. Einen Moment lang hatte Richard Angst, Stan könnte auf Katrina losgehen und machte sich bereit, einzugreifen. Katrina war allerdings nicht im Geringsten beunruhigt und fragte mit strenger Stimme, „Worüber in aller Welt streitet ihr zwei?"

Beide zuckten mit den Schultern, nicht willens, ihr die Wahrheit zu sagen.

Katrina wartete und als keine Antwort kam, sagte sie: „Gut, dann sagt es mir nicht. Aber ich sage euch etwas. Euch beiden. Hört gut zu und wenn ihr nicht einverstanden seid, verlasst mein Haus–"

„Das ist auch mein Haus", widersprach Stan.

„Sei still. Solange ein Kopfgeld auf dich ausgesetzt ist, ist das mein Haus, und zwar ganz allein meins. Wenn du also hierherkommen willst, dann vertrag dich mit Richard. Es ist mir egal, ob du ihn leiden kannst oder nicht. Aber du wirst ihn mit dem Respekt behandeln, den ein Mensch verdient." Sie sah Richard an. „Das Gleiche gilt für dich. Verstanden?"

„Jawohl", sagte Richard so ernsthaft, wie er nur konnte. Sie war zu süß in der Rolle der Gouvernante, die zwei unartige Jungs rügte.

„Was auch immer", knurrte Stan und ging nach oben, wo er die Tür zu seinem Zimmer zuknallte.

KAPITEL 17

Beim Frühstück am nächsten Morgen verkündete Katrina, dass sie nicht so leicht aufgeben würde.

„Wir haben schon so viele Familienmitglieder verloren; es muss einen Weg geben, Agnieska zu retten", sagte sie in die Stille hinein.

„Es ist zu riskant." Stan schmunzelte über den empörten Blick, den sie ihm zuwarf. „Du musst auf dem Hof bleiben, denn du ernährst nicht nur dich, sondern unsere ganze Partisanentruppe. Keiner von denen könnte ohne das Essen von diesem Hof weiterkämpfen."

Richard war in vielen Punkten anderer Ansicht als Stan, aber in diesem Punkt musste er ihm recht geben. Ihre Arbeit war vielleicht nicht heroisch oder abenteuerlich, aber der Widerstand war von ihrem Beitrag zu den Bemühungen abhängig. Er senkte seinen Blick auf seine Schüssel mit Haferbrei und schluckte eine Erwiderung herunter, die Stan nur wieder in Rage gebracht hätte.

„Ich kann nicht tatenlos hier herumsitzen. Wenn du mir nicht helfen willst, dann Richard vielleicht. Irgendeine Idee, wie wir in das Ghetto kommen könnten?"

„Wir werden unseren Feind nicht um Hilfe bitten“, stieß Stan hervor und warf Richard einen mörderischen Blick zu. „Wie kannst du dir überhaupt sicher sein, dass er nicht zum Wehrmachthauptquartier rennt und uns verpfeift, um seine armselige Haut zu retten?“

„Hör auf, so kindisch zu sein, Stan. Richard könnte ein paar nützliche Dinge wissen und wir brauchen jede Hilfe, die wir kriegen können. Dein Problem ist, dass dein Hass dein Hirn vernebelt, und eines Tages kommen wir wegen deiner Hitzigkeit alle um.“

„Ich arbeite nicht mit dem Fritz zusammen. Wenn du willst, dass ich dabei bin, dann bleibt er“, Stan nickte in Richtung Richard, ehe er fortfuhr, „raus.“

Richard hielt es für das Beste, diesen Streit den Geschwistern zu überlassen. Sie wollten und brauchten seine Hilfe nicht. Abgesehen davon hatte er keine nützlichen Ratschläge parat.

„Ich habe zu tun. Bis später.“ Richard stand auf und schnürte seine Stiefel mit flinken Fingern, ehe er nach draußen ging. Ein Teil von ihm hatte Verständnis für Stans Feindseligkeit, aber sie tat trotzdem weh. Und brachte ihn dazu, sich selbst zu hinterfragen, seine Motive, seine Rolle in der deutschen Kriegsmaschinerie.

Tief in Gedanken öffnete er den Hühnerstall, fütterte die neu angeschafften Kaninchen mit Gras, pumpte Wasser aus dem Brunnen und marschierte dann in Richtung Gemüsebeete. Hätte er von den Todeslagern wissen müssen? Hätte er davon wissen können? Die Hauptaufgabe eines Soldaten war es, Befehle zu befolgen, nicht Absichten zu hinterfragen. Normalerweise hatte die Heeresführung einen vollständigeren, strategischen Blick auf die Dinge als der gemeine Soldat. Und selbst wenn er es gewusst hätte, hätte er etwas tun können? Tun wollen?

Richard kniete sich hin, um Unkraut zu jäten. Er warf die Pflanzen in einen Eimer, um die Hühner und Kaninchen später damit zu füttern. Wenn er ehrlich war, wusste Richard, dass er nicht das Zeug zum Helden hatte. Er war nur ein achtzehnjähriger Bursche, den der Krieg viel zu früh zum Mann gemacht hatte und der einfach tat, was man von ihm erwartete. Was wusste er schon? Vielleicht hatte Hitler recht und die Juden waren wirklich der Ursprung allen Übels? Vielleicht mussten sie ausgelöscht werden wie das Unkraut, das dem Gemüse das kostbare Licht und Wasser nahm? Er wischte sich mit dem Handrücken über die Stirn.

Wann waren die Dinge so kompliziert geworden? Zuhause hatte er mit seinen Freunden gespielt und noch nicht einmal gewusst, ob sie Juden waren oder nicht. Es war ihm egal gewesen. Sobald er mit dem Jäten fertig war, nahm er den Spaten, um noch ein Feld für die Kartoffeln umzugraben. Die Arbeit erinnerte ihn an die schönen Urlaube, die er auf Tante Lydias Bauernhof in Oberbayern verbracht hatte. Er lächelte bei der Erinnerung an seine erste Liebe. Da war er zwölf oder vielleicht dreizehn gewesen.

Ihre Familie waren Nachbarn von Tante Lydia. Sie war eine niedliche Brünette mit dem süßesten Lächeln und es war um ihn geschehen, obwohl er zu schüchtern gewesen war, um sie anzusprechen. Rachel Epstein war ihr Name.

Epstein.

Es traf ihn wie eine von Stans Fäusten zwischen die Augen. Ihre Familie musste jüdisch gewesen sein. Er schluckte angesichts dessen, was mit ihr passiert sein konnte.

„Richard!“, rief Tadzio und rannte die Straße entlang auf ihn zu.

„Hallo Tadzio, schon so früh auf?“

„Ja“, sagte der Junge stolz. „Ich muss Holz sammeln für den Herd.“ An Kohle war dieser Tage nur schwer dranzukommen, wenn man nicht Deutscher oder wenigstens Volksdeutscher war, also ein polnischer Bürger mit deutscher Abstammung.

„Hilf mir hier und ich gehe später mit dir Holz sammeln“,

bot Richard an und der Junge strahlte vor Freude. Die harte Arbeit war nur halb so mühselig, wenn man sie gemeinsam erledigte.

„Was ist mit deinem Auge passiert?", fragte Tadzio.

Richard berührte die geschwollene Haut, die vermutlich grün und blau wurde. „Stans Faust. Er ist gestern Abend zurückgekommen und gibt mir die Schuld am Tod seines Bruders."

„Jarek ist tot?" Tadzio wurde blass vor Schreck.

„Ja. Bei einer ihrer Missionen gefangen genommen worden."

Tadzio schaute finster drein, aber dann hob er eine Faust. „Er wird gerächt werden! Bald wird die Heimatarmee die Deutschen schlagen und sie dahin zurückjagen, wo sie hergekommen sind. Ich wünschte, ich wäre alt genug, um mitzumachen. Ich würde den Feind in Nullkommanichts töten."

Richard erstarrte. Die Begeisterung des Jungen, mit der er jeden Deutschen töten wollte, rann seine Wirbelsäule wie Eiswasser herunter. Tadzio senkte den Blick und ein rosiger Hauch des Bedauerns überzog seine Wangen. „Dich natürlich nicht. Du bist kein richtiger Deutscher. Du bist nett."

Zum wiederholten Mal hinterfragte Richard seine Entscheidung, bei Katrina zu bleiben. Fast jeder hasste ihn oder würde ihn hassen, wenn man seine wahre Identität kennen würde. Auf das Mitgefühl der lokalen Bevölkerung konnte er nicht zählen, aber zu seinen eigenen Leuten konnte er auch nicht zurück. Jetzt nicht mehr. Vielleicht nie mehr. Gefahr lauerte an jeder Ecke. Anscheinend war die Frage nicht, ob er getötet werden würde, sondern wer ihn zuerst erwischte.

„Jarek war so ein netter Kerl. So freundlich und lustig", unterbrach Tadzio Richards trübe Gedanken mit seiner überschwänglichen Unschuld, die noch nicht vom Schrecken getrübt war, seine Feinde wirklich getötet zu haben. „Er hatte immer Zeit für uns Kinder und hat die großen Jungs uns nie ärgern lassen. Das war bevor ..." Tadzio kämpfte einen aussichtslosen Kampf mit den Tränen, die sich in seinen Augen bildeten.

„He, genug gequatscht, wir haben Arbeit zu erledigen“, sagte Richard und warf dem Jungen einen Spaten zu. Die körperliche Arbeit und frische, kühle Luft taten ihre Wirkung und vertrieben den Kummer. Bald wurde Tadzio von seiner Neugierde und der Faszination des Krieges überwältigt und fragte: „Du warst an der Front, nicht wahr?“

Richard nickte.

„Wie war das?“

„Kalt.“ Richard hatte nicht vor, dem Jungen von den ekeligen Details der Schlacht zu erzählen. „Du weißt nicht, was Kälte ist, solange du keinen russischen Winter erlebt hast.“ Er verzog das Gesicht und zitterte unfreiwillig. „Der war so lang und hart. Wir sind manchmal am Boden festgefroren, wenn wir stundenlang in den Schützengräben liegen und warten mussten.“

„Hat die Armee euch nicht gut versorgt?“

„Nichts widersteht dem russischen Winter. Im ersten Jahr sind wir im Winter zurück ins Lager gegangen, aber letztes Jahr war es einfach nur verrückt. Wir haben uns den Arsch abgefroren. Im wahrsten Sinne des Wortes. Mehr als einer der Jungs ist am Donnerbalken festgefroren.“ Richard lachte. Im Rückblick war es lustig. Mit der Hose an den Knöcheln bei Minustemperaturen war es das nicht gewesen. „Die Russen haben ihren Winter kapiert. Die haben mit Fell gefütterte Mützen und Handschuhe getragen.“

„Also war das Wetter der eigentliche Feind.“ Tadzio grinste mit einer Weisheit weit über seine jungen Jahre hinaus. „Und der hat eure großartige Armee besiegt.“

„So in etwa“, stimmte Richard zu und ruhte sich einen Moment auf dem Griff seines Spatens aus. Schweiß lief ihm über Gesicht und Rücken. Ein bisschen Schnee käme ihm jetzt gerade recht.

„Glaubst du, dieser Krieg wird bald vorbei sein? Alle reden davon."

„Ganz ehrlich, ich habe keine Ahnung. Obwohl ich wünschte, die Gerüchte wären wahr." Richard grub weiter die schwere Erde um, die von den Regenfällen der letzten Tage durchweicht war. *Warum um alles in der Welt kämpfen wir diesen Krieg überhaupt? Warum können wir nicht einfach mit unserem Leben weitermachen?* Er grub schneller und versuchte, seine Schuldgefühle mit Arbeit zu vertreiben. Wann immer er versuchte, den Sinn dieses Wahnsinns zu begreifen und seine Rolle darin, bekam er Kopfschmerzen.

Eins seiner Lieblingsbücher, bevor es von den Nazis verboten wurde, war *Im Westen nichts Neues* von Erich Maria Remarque gewesen. Das Buch beschrieb die Geschichte eines jungen Soldaten, der das Grauen und die Desillusionierung des Lebens in den Schützengräben des vergangenen Weltkrieges erlebte. Selbst damals hatte Richard die Ansichten des Protagonisten geteilt. Krieg war sinnlos. Er wurde von den Reichen und Berühmten angezettelt, die manipulierten und nach noch mehr Geld und Macht gierten – Männer, die niemals an der Front würden sterben müssen.

Aber gleichzeitig fühlte er sich noch immer schuldig, von der Wehrmacht desertiert zu sein. Seine Kameraden, seine Vorgesetzten, die waren gut zu ihm gewesen. Die waren wie Familie. Obwohl er in Lodz in die Abgründe menschlicher Grausamkeit geschaut hatte. Waffen-SS. Niemals würde er daran Anteil haben. Aber vielleicht hätte er zurückkehren und das System von innen bekämpfen sollen, anstatt sich auf diesem Bauernhof zu verstecken.

KAPITEL 18

Eine Sintflut ergoss sich vom Himmel und Richard rannte ins Haus. Er zog die matschigen Stiefel an der Haustür aus und drehte sich um. Stan und Katrina beobachteten ihn.

„Äh ... Stan will dich etwas fragen."

„Ich brauche deine Uniform. Jetzt", verlangte Stan.

„Was um alles in der Welt willst du mit meiner Uniform?", erwiderte Richard, erstaunt über die ungewöhnliche Forderung.

„Das geht dich nichts an, Fritz."

„Stan will sich als deutscher Soldat verkleiden, ins Ghetto gehen und Agnieska herausholen", erklärte Katrina zögernd.

„Das ist euer Plan? Fadenscheinig wäre da noch untertrieben. Tatsächlich ist das selbstmörderisch. Jeder kann aus einem Kilometer Entfernung sehen, dass du kein Deutscher bist und dein Bild auf den Kopfgeldpostern macht es nicht besser."

Stan funkelte ihn wütend an. „Hast du denn einen besseren Plan?"

„Nein, habe ich nicht, aber egal wie sehr du mich hasst, ich kann dich nicht Hals über Kopf in dein Unglück rennen lassen." Richard sorgte sich weniger um Stan als mehr um Katrina, die gerade ihren anderen Bruder verloren hatte.

„Wir müssen etwas tun", beharrte Katrina. „Wir haben zuverlässige Informationen, dass die Deportationen Ende des Monats beginnen werden. Wenn wir nicht schnell handeln, ist Agnieska tot."

„Selbst wenn er es hineinschafft, kann er sie nicht einfach aus dem Ghetto herausbringen. Es gibt Regeln, selbst für Deutsche. Habt ihr die Berichte über den Wehrmachtsoffizier nicht gelesen, der in einem Hotelzimmer mit einem jüdischen Mädchen erwischt wurde? Ich glaube, sie wurden beide wegen des Verbrechens der Rassenschande hingerichtet." Seit den Nürnberger Gesetzen von 1935 war der Geschlechtsverkehr zwischen Ariern und Nicht-Ariern verboten und wurde als Rassenschande geahndet.

„Was brauchen wir dann, um sie herauszuholen?"

Richard runzelte die Stirn. „Eine Arbeitserlaubnis? Wenn du ihr eine Arbeitserlaubnis in einer der Munitionsfabriken beschaffen könntest …"

„Und wo kriegen wir die her, Besserwisser?"

Katrina dachte laut nach. „Da ist dieser Mann, er kauft regelmäßig unsere Kaninchen. Er ist Volksdeutscher und hat eine wichtige Stelle in der Verwaltung. Wir könnten ihn fragen, aber dann haben wir immer noch das Problem mit der Uniform und Stan."

Ein langes Schweigen folgte, in dem jeder über die Möglichkeiten nachdachte.

„Ich werde es tun", sagte Richard schließlich.

„Du?", sagten Katrina und Stan gleichzeitig.

„Mich hält wenigstens niemand für einen Polen." Richard grinste, während sein Herz ihm vor Angst und Aufregung bis zum Hals schlug.

„Aber dich könnte jemand erkennen", sagte Katrina mit vor Sorge bebender Stimme.

„Das Risiko bin ich bereit einzugehen." Je mehr Richard über den Plan nachdachte, desto selbstsicherer wurde er. Er hatte sich schon viel zu lange versteckt; es war an der Zeit etwas zu unternehmen. Zumindest ein Leben retten, um all diejenigen wieder gut zu machen, die er ausgelöscht hatte.

„Agnieska kennt ihn nicht. Ich sollte gehen. Sie wird mir vertrauen, aber nicht ihm", sagte Stan. Er hatte recht. Sie konnten nicht riskieren, dass Agnieska eine Szene machte oder jemanden alarmierte. Wenn sie nichts von der Rettungsaktion wusste, könnte sie Richard und sich selbst aus Versehen verraten.

Katrina schüttelte den Kopf. „Nein. Du kommst nicht mal in die Nähe des Ghettos, ohne geschnappt zu werden. Es gibt Gründe, warum du dich im Wald versteckt hast."

„Ihr könntet Agnieska eine Nachricht senden …", schlug Richard vor.

„Mit der Post? Oder wie stellst du dir das genau vor?" Stan konnte nicht aufhören, zu sticheln, aber Richard hatte beschlossen, seine Angriffe zu ignorieren.

„Oh! Ich weiß was!" Katrina hüpfte auf und ab. „Magda Lenska!"

„Das könnte klappen." Stans Blick hellte sich auf. „Ja, wir werden sie bitten, eine Nachricht zu überbringen."

„Wer genau ist Magda Lenska?", fragte Richard und ein etwas milder gestimmter Stan ließ sich herab, ihm eine Erklärung zu geben. „Sie ist die Hebamme hier in der Gegend. Schon seit dreißig Jahren. Sie hat eine Sondergenehmigung, um im Ghetto ein- und auszugehen."

„Ihr vertraut ihr?" Richard gefiel der Gedanke nicht, noch weitere Personen einzuweihen. Je weniger Leute involviert waren, desto besser. Für alle.

Beide nickten begeistert.

„Stan, du nimmst mit Magda Kontakt auf und bittest sie, Agnieska eine Nachricht zu überbringen. Ich werde in der Zwischenzeit versuchen, eine Arbeitsgenehmigung zu beschaffen. Und dann ist Richard an der Reihe." Alle nickten zustimmend.

* * *

Am nächsten Morgen brach Stan auf, um die Hebamme zu kontaktieren.

„Du wirst vorsichtig sein, hörst du?" Katrina umarmte ihren Bruder und ließ sich das Versprechen geben, dass er lebend zurückkehren würde. „Ich könnte es nicht ertragen, dich auch noch zu verlieren."

„Viel Erfolg, Stan", sagte Richard und streckte ihm die Hand entgegen.

„Kannst dich drauf verlassen." Stan grinste schief, ignorierte die angebotene Hand und stapfte davon.

Sobald Stan weg war, küsste Richard Katrina und hielt sie fest an sich gedrückt. Wie immer entzündete sich die Flamme der Begierde und er vertiefte den Kuss. Sie öffnete ihre Lippen für ihn und die einströmende Leidenschaft verdrängte alle Ängste und Sorgen, bis sie den Kuss plötzlich unterbrach.

„Lass uns an die Arbeit gehen", sagte sie mit einer bezaubernden Röte auf den Wangen. Richards Herz zog sich jedes Mal zusammen, wenn er sie betrachtete. Er hatte dieses Mädchen – diese Frau eigentlich – so lieb gewonnen, dass allein schon der Gedanke, jemals wieder von ihr getrennt zu sein, ihm in der Seele wehtat. Den Tag über hielt er sich mit den endlosen Aufgaben eines Bauern beschäftigt, doch als der Abend dämmerte, entstand eine peinliche Schüchternheit zwischen ihnen. Beide wussten, dass dies nicht irgendein Abenteuer war. Die geplante Mission konnte durchaus im Tod aller Beteiligten enden.

„Ich mache mir solche Sorgen um Stan", gab Katrina beim Abendessen zu.

„Der kommt schon klar. Wirst sehen." Richard legte eine Zuversicht in seine Worte, die er selbst nicht empfand. Es konnte so vieles schiefgehen – war schon schiefgegangen. Er half ihr beim Abwasch und dann setzten sie sich in die Sessel, wo Katrina Socken stopfte und Richard Fischreusen flickte.

„Heute kam eine der Nachbarinnen und hat sich nach dir erkundigt", sagte sie.

„Nach mir?"

„Sie hat dich auf dem Feld arbeiten sehen. Ich habe ihr erzählt, dass du ein entfernter Vetter aus dem Norden bist, der sein Heim im Krieg verloren hat. Dein Name ist übrigens Ryszard Blach, denn Richard Klausen kommt wohl nicht so gut an." Sie lächelte und sein Herz quoll über vor Liebe. „Im Norden sprechen sie einen Dialekt, der so ähnlich klingt wie dein Akzent." Richards Polnisch hatte sich in den letzten Monaten enorm verbessert und er sprach es jetzt fließend. Sogar Tadzio hatte ihn schon für seine Fertigkeiten gelobt.

„Hast du schon immer hier gelebt?", fragte er, um all die besorgniserregenden Gedanken zu vertreiben.

„Meine Urgroßeltern sind aus Masuren hierhergekommen. Damals war der Hof mindestens zehnmal so groß wie jetzt. Meine Eltern waren beide Heiler und interessierten sich nicht für die Landwirtschaft, also haben sie das meiste Land verkauft. Wir waren früher wohlhabend …"

Richard legte die Reuse zur Seite und berührte ihren Arm, ehe er fragte: „Wie war das Leben hier in besseren Zeiten? Es muss ein wunderbarer Ort gewesen sein."

„Ja, Lodz war eine herrliche Stadt vor dem Krieg. Ich hatte eine schöne Kindheit mit meinen Eltern und Brüdern. Wir waren alle so glücklich damals. Ich will wieder glücklich sein", sagte sie und hob ihre wunderschönen braunen Augen, um ihn anzusehen.

„Ich möchte auch, dass du glücklich bist", sagte er und stand auf. Er ging die zwei Schritte zu ihrem Sessel und kniete sich neben sie.

„Dir zu begegnen war … lebensverändernd. Und das meine ich nicht nur auf eine Art. Du hast in Baluty meine Ehre gerettet, aber noch so viel mehr getan. Deine Tat hat mich wieder an das Gute im Menschen glauben lassen."

„Das hätte doch jeder gemacht", sagte Richard mit aufgrund des Lobs glühenden Wangen.

„Niemand sonst hat das getan und ich kann ihnen noch nicht einmal einen Vorwurf machen", sagte sie mit einem Seufzen. „Letzten Sommer lebten Jarek und Stan noch hier, aber seit sie mit den Partisanen im Wald leben … Ich hatte ehrlich gesagt keine Ahnung, wie ich den Hof nach dem Winter allein bewirtschaften sollte. Und dann kamst du" Ein herzerwärmendes Lächeln ließ ihr Gesicht aufleuchten, während sie fortfuhr, „wie ein Ritter in schillernder Rüstung."

„Eher wie ein verkrüppelter Bettler", sagte Richard mit sarkastischem Unterton. „Wenn ich mich recht entsinne, musste ich den ganzen Weg bis in dein Haus getragen werden."

„Das stimmt. Als ich dich dort gesehen habe, an deine Freunde gefesselt, konnte ich nicht zulassen, dass sie dich aufhängen." Tränen traten ihr in die Augen und er drückte einen schnellen Kuss auf ihre Haare. „Jedenfalls bin ich froh, dass du hier bist, Vetter Ryszard Blach. Es ist schön, einen Mann im Haus zu haben."

Oh, wie gern wäre er der Mann im Haus. Ihr Mann.

Er nahm ihre Hände in seine. „Man könnte sicherlich darüber streiten, aber ich betrachte mich als den glücklichsten Mann auf Erden. Weil ich dich gefunden habe, Katrina Zdanek." Dann übersäte er sie mit Küssen. Voller Verlangen, hektisch, verzweifelt. Er sehnte sich danach, sie ganz nah zu spüren und ihr zu zeigen, wie sehr er sie liebte.

Sie klammerte sich an ihn, wohlwissend, dass keiner von

ihnen das bevorstehende Abenteuer überleben könnte. Heute Nacht mussten sie ihrer gegenseitigen Liebe nachgeben.

Richard hob sie in seine Arme und trug sie nach oben in ihr Zimmer mit dem großen Bett, das zweifelsohne zuvor ihren Eltern und Großeltern gehört hatte. Mit der Unschuld des ersten Mals entdeckten sie gemeinsam die Freuden der Leidenschaft.

KAPITEL 19

Einige Tage später tauchte eine Frau auf dem Hof auf. Aus Gewohnheit verschwand Richard außer Sichtweite und ging im Schuppen arbeiten. Er hatte kaum die Werkzeugkiste geöffnet, als Katrina ihn zu sich in die Küche rief.

Die Besucherin, um die fünfzig, saß mit einer Tasse Kräutertee am Holztisch. Die grauen Haare waren im Nacken zu einem Dutt zusammengebunden. Sie lächelte ihn an und streckte ihm eine fleischige Hand mit langen Fingern entgegen. „Hallo, ich bin Magda Lenska, die Hebamme."

„Ich freue mich, Sie kennenzulernen."

„Ich habe eine Nachricht von Eurer Verwandten. Setzen Sie sich." Magda redete nicht lange um den heißen Brei.

Die Spannung im Raum stieg deutlich an, während Richard ihrer Aufforderung folgte und sich auf den Stuhl rechts von ihr setzte, Katrina gegenüber. Katrina hatte ihm erzählt, dass die Hebamme geholfen hatte, alle der Zdanek-Geschwister auf die Welt zu bringen, so wie sie es bei den meisten Kindern der Gegend um Lodz in den letzten dreißig Jahren getan hatte.

„Deine Schwägerin hat sich geweigert zu fliehen", sagte Magda zu Katrina gewandt.

Richards Kinnlade klappte bis zum Boden. Warum würde jemand die Chance ablehnen, das Getto zu verlassen? Nach allem, was er gehört hatte, war es die Hölle auf Erden. Achtzigtausend zusammengepfercht, wo vorher zwanzigtausend gelebt hatten, lange Arbeitszeiten bei gefährlichen, zermürbenden Arbeiten in den Fabriken mit wenig oder ganz ohne Essen. Und über allem schwebte permanent die drohende Deportation.

Magda sah sich in der großen, offenen Küche um, als ob sie sichergehen wollte, dass niemand lauschte, und senkte ihre Stimme zu einem Flüstern. „Sie versteckt deinen Neffen Janusz."

„Janusz lebt? Piotrs Sohn? Aber wie?", rief Katrina. Freudentränen begannen zu fließen. „Er wurde vor anderthalb Jahren nach Chelmno deportiert. Wir haben Nachricht erhalten, dass alle Kinder unter zwölf Jahren deportiert wurden." Katrinas Stimme und Hände zitterten wie Espenlaub. „Sein Name war auf der Liste. Er stand da. Ja, wirklich." Sie brach in Schluchzen aus.

„Es war ein schrecklicher Tag. Ich war da als Chaim Rumkowski, der Vorsitzende des Judenrats, mit seiner schändlichen Rede ewiges Herzensleid über das Ghetto gebracht hat." Die Augen der Hebamme trübten sich vor Trauer und Verzweiflung.

„Welche Rede?", zischte Richard.

Magda Lenska sah ihn an, als wäre sie hundert Jahre alt, ehe sie aufstand und beide Arme weit ausstreckte. „Auf deutschen Befehl hielt er eine Rede, in der er die Einwohner des Ghettos anflehte, alle Kinder unter zehn Jahren aufzugeben, damit andere überleben können. Ich war da. Es war erbärmlich. Eltern schrien, Mütter weinten, Kinder heulten. Ich erinnere mich an jedes einzelne Wort seiner Rede:

„Dem Ghetto wurde ein furchtbarer Schlag versetzt", sagte er. „Man verlangt von uns, das Kostbarste herzugeben, was wir besitzen: Kinder und alte Menschen. Ich war unwürdig, selbst

Kinder zu haben, also habe ich die besten Jahre meines Lebens den Kindern gewidmet. Ich habe mit den Kindern gelebt und geatmet. Ich hätte mir nie träumen lassen, dass meine eigene Hand es sein wird, die dieses Opfer zum Altar führt. Auf meine alten Tage muss ich meine Hand ausstrecken und flehen: Brüder und Schwestern, gebt sie mir her! Väter und Mütter, gebt mir eure Kinder!"

Nach ihrem dramatischen Vortrag sank Magda auf einen Stuhl, erschöpft und überwältigt. Still schluchzte sie ein paar Minuten, dann hob die Hebamme den Kopf und sah auf, das Leid einer ganzen Stadt in ihren Augen gespiegelt. „Eure Verwandte, Agnieska, konnte es nicht tun. Seither hat sie Janusz versteckt und ihre spärlichen Rationen mit ihm geteilt. Wenn sie entkommt, verhungert er innerhalb von Tagen. Deswegen hat sie sich geweigert."

„Das ist alles zu schrecklich, um es zu begreifen", sagte Katrina.

„Gott hat Polen nicht verlassen. Wunder geschehen, selbst unter der Besatzung der Nazis. Euer Neffe lebt."

„Gott segne Sie, Magda. Das ist die schönste Nachricht, die mich seit Jahren erreicht hat", sagte Katrina.

„Sie ist nicht so schön, wie du glaubst, mein Kind", erwiderte Magda. „Stan hat angedeutet, dass ihr vorhattet, diesen Mann", sie nickte zu Richard hinüber, „in seiner Wehrmachtsuniform ins Ghetto zu schicken und Agnieska mit einer Arbeitserlaubnis herauszuholen. Das wird mit einem Kind im Schlepptau nicht gehen. Es tut mir leid, dass ich nicht weiterhelfen kann. Danke für den Tee." Die Hebamme nahm ihre Sachen, um aufzubrechen.

„Wir sind Ihnen sehr dankbar für alles, was Sie getan haben." Katrina nahm Magdas Hände und küsste sie zum Zeichen der Dankbarkeit.

Als die Hebamme gegangen war, fielen sich Richard und Katrina in die Arme. Glück und Leid kämpften gegeneinander.

Das Leid gewann.

„Was sollen wir nur tun?“, fragte Katrina mit schwacher Stimme.

„Uns wird schon etwas einfallen, mein Herzblatt.“ Richard vergrub sein Gesicht in ihren Haaren und atmete tief den süßen Duft ein, während er seine Liebste an sich drückte. Er bezweifelte, dass es einen Weg gab, sowohl Agnieska als auch Janusz zu retten, zog es aber vor, Katrina das jetzt nicht zu sagen.

„Was für ein Wahnsinn geschieht hier? Warum? Was haben wir getan, um das zu verdienen?“, weinte sie.

„Nichts, meine Liebste. Gar nichts. Manchmal passieren auch guten Menschen schlechte Dinge.“

„Wie kann Gott so etwas zulassen?“

KAPITEL 20

Nach Einbruch der Nacht stahl Stan sich ins Haus.

„Gott sei Dank bist du hier!" Katrina warf sich ihm mit solchem Schwung an den Hals, dass sie beide ins Taumeln gerieten.

„Beruhige dich, Schwesterherz, und sag mir, was passiert ist. Ich habe gesehen, dass du Besuch von der Hebamme hattest", sagte Stan und ignorierte Richards Anwesenheit.

„Sie hat uns gute und schlechte Nachrichten gebracht. Welche willst du zuerst hören?" Katrina zerrte ihren Bruder in die Küche. Sie und Richard waren gerade mit der Feldarbeit fertig geworden und hatten sich zum Abendessen hingesetzt. Wortlos stellte Richard ein weiteres Gedeck für Stan auf den Tisch.

„Erst die schlechte, bitte." Richard mochte den Gedankenansatz. Es hinter sich bringen und dann mit einem positiven Gefühl aufhören. Unter anderen Umständen hätten sie Freunde sein können.

„Agnieska hat sich geweigert zu fliehen", sagte Katrina und verteilte *Bigos,* einen beliebten polnischen Eintopf aus fein gehacktem Fleisch, Sauerkraut und geraspeltem, frischem Weißkohl. Der Essiggeruch füllte die Küche und ließ Richard das Wasser im Mund zusammenlaufen. Als Bauern hatten sie mehr Essen zur Verfügung als die meisten Menschen, doch da Katrina mithalf, Stans Widerstandsgruppe zu ernähren, kamen sie gerade so über die Runden und Katrina nutzte oft ihren Einfallsreichtum, um Mahlzeiten mit eher unüblichen Zutaten zuzubereiten.

„Warum um Himmels Willen tut diese dumme Frau das?", fragte Stan und kippte ein Glas Wasser herunter.

„Weil sie Janusz versteckt hält."

Stan ließ seinen Löffel mit Bigos fallen, den er gerade in den Mund stecken wollte. „Was? Den kleinen Jan? Unseren Neffen Jan?"

„Ja." Katrina strahlte vor Glück.

Richard hielt sich aus dem Gespräch lieber raus, damit er Stan nicht wieder reizte. Schweigend löffelte er das Essen. Es schmeckte anders, herber als sonst. Dann erinnerte er sich und grinste in Erwartung von Stans Reaktion.

„Los, erzähl schon", sagte Stan zu Katrina und nahm einen großen Löffel vom Eintopf. Sein Gesicht verzog sich. „Was zum Teufel hast du da reingetan?"

„Fuchs." Sie zuckte mit den Schultern.

„Um Gottes Willen, Kat. Wirklich? Warum kochst du nicht Kaninchen oder einen Vogel?" Stan stöhnte.

„Ich koche, was ich habe, und Richard hat mir nun mal einen Fuchs gebracht. Er hat ihn gefangen, als er unsere Hennen reißen wollte. Das Fell wird einen schönen Muff hergeben. Willst du jetzt von Jan und Agnieska hören oder nicht?"

Stan nickte, aber erst warf er Richard einen finsteren Blick zu und murmelte: „Danke für das Fleisch."

Katrina wiederholte alles, was sie von der Hebamme erfahren hatten, und stellte dann die entscheidende Frage: „Wie bekommen wir die beiden da raus?"

„Hmm ... da Jan offiziell tot ist, können wir keinen Pass für ihn beantragen. Das bedeutet aber auch, dass ihn niemand vermisst, wenn er verschwindet“, sagte Stan.

„Er kann nicht einfach über den Zaun klettern und wegrennen, sonst hätte er es schon längst getan“, sagte Richard und nahm sich noch einen Nachschlag. Fuchs oder nicht, in diesen Zeiten durfte man nicht zimperlich sein und es schmeckte gar nicht so schlecht, wenn man sich erst einmal an den herben Geschmack gewöhnt hatte.

„Gut beobachtet, Fritz. Und warum ist das so? Ich sags dir: Weil deine verdammten Landsleute jeden erschießen, der sie auch nur schief anguckt.“

„Fang bitte nicht wieder damit an“, flehte Katrina. „Wir haben eine unmögliche Aufgabe vor uns und entweder wir arbeiten zusammen oder wir lassen es ganz bleiben.“

Stan knurrte etwas Unverständliches vor sich hin. Katrina kannte ihren Bruder offensichtlich gut, denn sie lächelte und fuhr fort: „Magda wird uns nicht weiterhelfen können. Sie hat sich schon in Gefahr gebracht, indem sie die Nachrichten für uns übermittelt hat. Wenn jemand das herausfindet und sie verrät, ist ihre ganze Familie in Gefahr.“

„Wer würde sie schon verraten, außer …“ Stan warf Richard einen finsteren Blick zu. „… keiner von uns, richtig?“

Ärger kroch Richards Rücken hoch, weil er ständig das Ziel von Stans Hass war. War seine Bereitschaft, ins Ghetto zu gehen und sich selbst in Gefahr zu bringen kein ausreichender Beweis seiner Loyalität? „Hör zu, Polacke, unter *deinen* Landsleuten sind genug Kollaborateure, die bereit sind, ihre eigene Mutter für ein Stück Brot zu verpfeifen.“

„Könnt ihr einmal aufhören, euch wie Zehnjährige zu zanken? Oder ich muss Tadzio in dieser Sache um Hilfe bitten. Der ist erwachsener als ihr beide zusammen.“ Katrina stand auf und stemmte die Fäuste auf die Hüften.

„Waffenstillstand?“, bot Stan an.

„Waffenstillstand", stimmte Richard zu. Doch keiner von beiden war bereit, dem anderen die Hand zu schütteln.

Katrina kam mit Stift und Papier zurück. „Also, was wissen wir über das Ghetto?"

Sie redeten, planten, entwarfen, kritzelten und malten stundenlang, doch im Endeffekt mussten sie sich eingestehen, dass es keine Möglichkeit gab, beide ihrer Verwandten zu retten.

„Es ist einfach unmöglich." Stan stand auf und zog sich Stiefel und Mantel an. „Ich gehe zu meiner Einheit zurück und schaue, was die mir sagen können. Vielleicht wissen die mehr als wir."

„Ja, rede mit Bartosz, dem fällt vielleicht etwas ein." Katrina küsste ihren Bruder auf die Wange. „Sei vorsichtig und komm bald zurück, um mir Bescheid zu geben." Dann sah sie ihm nach, wie er in der Nacht verschwand.

„Lass uns schlafen gehen", sagte Richard und legte ihr den Arm um die Schultern.

Sie wirkte plötzlich so zerbrechlich, sogar schwach, wie sie sich an in lehnte und seufzte: „Ich wünschte, wir könnten etwas tun. Irgendetwas."

In genau diesem Moment schwor sich Richard, dass er sie nicht enttäuschen würde. Irgendwie würde er einen Weg finden, ihre Lieben zu retten. Und vielleicht half das sogar, die Last der Schuld von seinen Schultern zu heben.

* * *

AM NÄCHSTEN TAG, einem Sonntag, kam eine Nachbarin vorbei und fand sie im Hinterhof arbeitend vor.

„Guten Morgen Katrina", grüßte die Frau, „und wer ist der gutaussehende Mann, der bei dir lebt? Ein Freund?"

„Nein, Frau Kozlow. Das ist Ryszard Blach, ein entfernter Vetter aus dem Norden. Er hat sein Zuhause verloren." Katrina stellte sie einander vor und Frau Kozlow schenkte Richard ein kokettes Lächeln. Er gab ihr höflich die Hand und tat sein Bestes, nicht loszuprusten. Auch wenn er nicht bis über beide Ohren in Katrina verliebt gewesen wäre, hätte er die Avancen einer Frau abgelehnt, die alt genug war, seine Mutter zu sein.

„Kann ich mir deine große Astschere leihen?“, fragte Frau Kozlow. „Ich muss die Zweige am Haus schneiden, bevor sie abbrechen und mir die Fensterscheiben kaputt schlagen.“

„Natürlich, das muss unbedingt vor dem Sommer erledigt werden“, sagte Katrina.

„Du hast es gut. Du hast diesen starken Mann im Haus, der dir helfen kann“, sagte die Frau durchtrieben. „Seit mein Mann tot ist und mein Sohn gezwungen ist, für das Reich zu arbeiten, tun meine vier Töchter und ich, was wir können.“

„Entschuldigung, da hätte ich dran denken können“, erwiderte Katrina. „Ich werde Ryszard rüberschicken, wenn Sie schwere Arbeiten zu erledigen haben.“

Die Art, wie sich Frau Kozlows Gesicht bei Katrinas Angebot aufhellte, gefiel Richard gar nicht, aber damit sein deutscher Akzent ihn nicht verriet, schwieg er und nickte nur knapp.

„Meine Töchter werden sich über die Gesellschaft deines Vetters sehr freuen, da bin ich mir sicher. In unserem Leben gibt es viel zu wenig Ablenkung. Arbeit und noch mehr Arbeit, tagein, tagaus“, jammerte die Frau.

„Ich dachte, Sie dürften nicht mehr arbeiten?“, sagte Katrina und erklärte an Richard gewandt: „Frau Kozlow ist Lehrerin, aber die Deutschen haben die höhere Schule geschlossen, in der sie unterrichtet hat.“

Richard nickte. Slaven standen in Hitlers Rassenkunde am unteren Ende der Pyramide, nur wenig höher als die Juden. Da sie zu den minderwertigen Rassen gehörten, brauchten sie auch keine höhere Ausbildung. Daher waren alle weiterführenden Schulen für Polen geschlossen worden, sodass Tausende von Lehrern überflüssig geworden waren.

„Dank eines Bekannten habe ich Arbeit im Kinderlager gefunden."

„Ich habe noch nie von einem Kinderlager gehört. Wo ist das?", fragte Katrina.

Ihre Nachbarin lachte, ehe sie sagte: „Das liegt daran, dass du nur hier draußen auf dem Hof bist und nie in die Stadt kommst. Das Kinderlager, oder Kinder-KZ, wie die Deutschen es nennen, ist an das Ghetto angeschlossen, nur durch einen Zaun abgetrennt. Es ist ein Gefängnis für minderjährige Straftäter."

„Und da unterrichten Sie?"

„Sei nicht albern, natürlich nicht. Die kleinen Ganoven müssen arbeiten. Ich bin dort, um aufzupassen, dass sie sich ordentlich benehmen. Es ist keine sehr erfüllende Arbeit." Sie zog die Nase kraus, ehe sie fortfuhr: „Aber die Bezahlung ist hervorragend und das beinhaltet auch Extrarationen. Was will ich mehr?"

Anstand und Moral vielleicht. Richard war noch nie im Kinder-KZ gewesen, aber er hatte davon gehört. Die Lebensbedingungen spiegelten die der Konzentrationslager für Erwachsene. Er konnte sich nicht erklären, wie eine Frau, eine Mutter und Polin dort freiwillig arbeiten konnte. Soweit er wusste, verließen die verhafteten Kinder das Lager niemals wieder, abgesehen von denen, die für die Germanisierung vorgesehen waren. Polnische Kinder christlichen Glaubens mit nordischem Aussehen wurden von Rassenoffizieren ausgewählt und in Übergangslager gebracht, ehe sie ins Reich gesandt wurden, um von rassisch reinen deutschen Eltern adoptiert zu werden.

KAPITEL 21

„Was beschäftigt dich, meine Liebste?", fragte Richard und legte seinen Arm um Katrinas Schultern.

„Nichts." Sie schob ihn weg und gab vor, mit den Kaninchen beschäftigt zu sein.

„Ich sehe doch, dass du dir Sorgen machst. Du hast diese Falte auf deiner Stirn", sagte Richard und versuchte, dabei sorglos zu klingen. Die Unsicherheit bezüglich des Schicksals ihrer Familie machte Katrina zu schaffen und sie zog sich in sich selbst zurück und schloss ihn aus. Wie ein Fisch schien sie ihm immer zu entschlüpfen, wenn er zugreifen wollte. Da er sie von ganzem Herzen anbetete, verkrampfte sich sein gesamter Körper vor Trauer bei dem Gedanken, sie zu verlieren.

„Es ist alles so schrecklich", sagte sie schließlich. „Trotz all der Gerüchte über das Ende des Krieges hat sich nichts verändert. Die Deportationen aus dem Ghetto können jederzeit anfangen und wir haben immer noch nicht die leiseste Ahnung, wie wir Agnieska und Jan retten können." Sie wischte sich eine Haarsträhne aus dem Gesicht und hinterließ dabei eine Dreckspur.

Instinktiv hob Richard die Hand, um sie wegzuwischen, aber

er hielt mitten in der Luft inne. So, wie sie in letzter Zeit auf seine Zuneigungsbekundungen reagiert hatte, würde es die Anspannung nur steigern. An dem Tag, an dem Stan gegangen war, um mehr über das Ghetto herauszufinden, schien Katrinas Kraft und Willensstärke mit ihm gegangen zu sein. Zurück blieb nur eine leere Hülle ihres früheren Ichs. Es schmerzte Richard, sie so zu sehen, aber sie weigerte sich stur, ihre Last mit ihm zu teilen. Wenn Katrina litt, litt er mit ihr.

„Mein Liebling, du darfst nicht aufgeben", sagte Richard. „Ich bin sicher, Stan wird jeden Moment mit einem Plan zurückkommen."

„Er sollte sich besser beeilen. Die Deutschen haben gestern wieder eine ihrer Razzien durchgeführt und alle verhaftet, die sie gefunden haben", sagte Katrina bitter und setzte das Kaninchen in das offene Gehege voller Gras. „Alle Männer über fünfzehn ohne gültige und gestempelte Arbeitskarte wurden zur Zwangsarbeit ins Reich geschickt." Jeder Pole musste sich beim Generalgouvernement registrieren und bekam eine Arbeitskarte ausgehändigt. Die Arbeitslosen liefen ständig Gefahr, in einer der Razzien geschnappt und als Zwangsarbeiter nach Deutschland geschickt zu werden.

„Das tut mir leid …" Viel mehr konnte er nicht sagen.

Katrina drehte sich um und ihre braunen Augen schossen wütende Funken auf ihn. „Es tut dir leid! Das ist alles, was du zu sagen hast? Meine Eltern sind tot. Ermordet von deutschen Soldaten. Ludmila und Jarek sind tot, auch durch deine Leute. Piotr ist wahrscheinlich tot. Agnieska und Jan werden bald auch tot sein! Stan ist alles, was von meiner Familie noch übrig ist und Gott allein weiß, wie lange noch." Mehr Tränen strömten über ihre Wangen mit jedem Wort, das aus ihrem Mund purzelte.

„Bitte, beruhige dich." Obwohl er es besser wusste, streckte Richard die Hand nach ihr aus.

„Wag es ja nicht, mich anzufassen! Du bist auch einer von

diesen verdammten Deutschen!" Sie schrie es in voller Lautstärke heraus und jagte damit die Kaninchen in Panik durch das Gehege.

Er konnte die Wahrheit ihrer achtlosen Worte nicht leugnen. Er war der Feind. Seine Nation hatte so viel Tod und Zerstörung über Polen und sein Volk gebracht, dass Katrina jedes Recht hatte, auf ihn wütend zu sein. Er hatte sich eingeredet, dass ihre Liebe alle Hindernisse überwinden könnte. Aber Liebe allein war nicht genug. Nicht in diesen leidvollen Zeiten – Zeiten, die von der dunklen, zerstörerischen Hand des Krieges und des Todes gezeichnet waren.

„Stan ist schlau. Der passt auf sich auf und wird bald zurück sein", sagte Richard und hoffte, dass diese Versicherung sie irgendwie beruhigen würde. Sie tat es nicht. Katrina überschüttete ihn mit Flüchen, bis schweres Schluchzen ihren Körper beutelte und ihr den letzten Kampfgeist raubte. Sie fiel auf die Knie, ein blasses, kaltes, schniefendes Häufchen Elend.

Und er hatte das verursacht.

„Katrina, Liebling, geht es dir gut?", fragte Richard. Ihm saß die Angst tief in den Knochen. Aber sie wollte ihm nicht antworten. Unverständliche Wortfetzen auf Polnisch und Deutsch, vermischt mit Schluchzen, quollen aus ihrem Mund. Frontkoller. Er hatte den Zusammenbruch von Kameraden an der Front miterlebt, wie sie dort unter dem physischen und mentalen Druck eingeknickt waren. Er hätte nur nie gedacht, dass das auch in der ländlichen Idylle eines Bauernhofes passieren könnte.

In diesem Moment wurde Richard die Last bewusst, die auf ihren zierlichen Schultern lag: Ganz allein den Hof betreiben, sich um ihre aufständischen Brüder sorgen, die Partisanentruppe durchfüttern und einen *deutschen* Flüchtling beherbergen war einfach zu überwältigend.

Ihre Widerstandsfähigkeit war aufgebraucht. Während sein Herz in Millionen Stücke zersprang, wusste er, dass er das

Richtige tun musste – ihre Bürde erleichtern. Er hob sie hoch und trug sie nach oben in ihr Schlafzimmer. Dort deckte er sie zu und redete beruhigend auf sie ein, bis sie einschlief. Dann drückte er einen Kuss auf ihre kühle Stirn.

Unten in der Küche setzte er sich hin, um einen Brief zu schreiben.

Geliebte Katrina,

meine Anwesenheit hier ist eine zu große Last auf Deinen Schultern und sie bringt nicht nur Dich in Gefahr, sondern auch diejenigen, die Du unterstützt. Deswegen muss ich gehen. Ich tue das mit einem gebrochenen Herzen, denn meine Liebe für Dich wird nie vergehen. Ich hoffe, wir werden uns eines Tages unter besseren Bedingungen wiedersehen.

Ich bete, dass Du diese schreckliche Zeit überstehst und Deine Familie findest. Ich war niemals Dein Feind oder der Deiner Familie, und werde es auch niemals sein.

Ich wünsche Dir nichts als Glück.

Für immer Dein Richard.

P.S.: Bitte richte Tadzio und Deinem Bruder meine Grüße aus.

Er holte seine Uniform aus ihrem Versteck und zog sie unter seiner Bauernkleidung an. Dann packte er eine Tasche mit seinen wenigen Habseligkeiten, dazu etwas Brot, Käse und eine Flasche Wasser.

Er ging noch einmal nach oben und lehnte im Türrahmen, um Katrinas vertrautes Gesicht, eingerahmt von dem langen Haar, das er so liebte, noch ein letztes Mal zu betrachten.

Dann verließ er mit einem stechenden Schmerz in seiner Brust das Haus.

KAPITEL 22

Richard wusste nicht wohin. Er konnte schlecht zu seiner Einheit zurückkehren, nachdem er so viele Wochen verschwunden gewesen war. Die Erinnerung an die Verhöre in Warschau war noch immer lebendig und beim zweiten Mal würden sie nicht so gnädig sein. Einem Erschießungskommando gegenüberzustehen, stand nicht auf seiner Liste der erstrebenswerten Dinge, also stand die Rückkehr in die Wehrmachtsbaracken außer Frage.

Tadzios Haus kam ihm in den Sinn, aber Richard hatte Katrina verlassen, um sie und ihre Familie zu schützen, also konnte er jetzt schlecht die Bedrohung, die von ihm ausging, seinem einzigen Freund Tadzio zumuten. Nein. Richard schüttelte den Kopf. Er musste sich von allen, die er kannte und liebte, fernhalten.

Er wanderte die Straße entlang, die nach Lodz führte, und grübelte über seine Optionen. Es gab nicht mehr viele. Eine war vielleicht, sich in den Wäldern zu verstecken. Doch da die dichten Wälder rund um Lodz vor Partisanen und versteckten Juden nur so wimmelten, war es wohl kaum ein Ort, wo ein Deutscher mit offenen Armen empfangen wurde.

Wenn seine eigenen Landsleute ihn nicht zuerst umbrachten, dann würde es der polnische Widerstand tun. Ein grimmiges Lächeln erschien auf seinem Gesicht, als er sich vorstellte, mit welcher Genugtuung Stan die Nachricht von Richards Ableben aufnehmen würde. Dann wäre wenigstens einer glücklich.

Richard schleppte sich weiter. In der Ferne tauchte der Kirchturm von Lodz auf. Wenn er doch nur wüsste, was er tun sollte. Wohin er gehen sollte. Er setzte sich auf einen Stein am Wegesrand und nahm einen großen Schluck aus seiner Wasserflasche. Katrina zu verlassen, hatte seinen Lebenswillen zerstört und ihm das Herz gebrochen. Unfähig, den Silberstreifen am Horizont zu entdecken, ließ er sich auf den Rücken fallen und schaute hinauf in den Himmel, an dem weiße Schönwetterwölkchen sich gegenseitig jagten und dabei seltsame Formen annahmen. Zwei Wolken verschmolzen zu einem Panzer komplett mit Kuppel, Waffenblende und Kanonenmündung. Eine Zeit lang verdeckten die Wolken die Sonne, ehe der Wind sie wieder auseinanderzerrte und zwei Kaninchen daraus formte, die gemeinsam an einer Karotte knabberten.

Dann veränderte sich eines der Kaninchen und zeigte das Gesicht seiner Schwester Lotte.

„Du gibst auf? Wirklich? Ich hätte nie gedacht, dass du ein Drückeberger bist", stichelte sie. Seine Ohren klingelten bei ihrer Standpauke, ganz so als würde sie voll gerechten Zorns direkt neben ihm stehen, wie sie es in ihrer Kindheit so oft getan hatte. „Menschen werden sterben und du ersäufst in Selbstmitleid? Elender Feigling!"

„Was weißt du schon vom Leben, Lotte? Ich bin kein Feigling."

„Beweise es. Beweg deinen Hintern und rette diesen Jungen und seine Tante." Die Wolke verschob sich wieder in die Form einer überdimensionalen Faust. Richard brach in Gelächter aus. Seine jüngste Schwester würde ihn noch im

Jenseits verfolgen, wenn er seine Mission vergeigte. Möglicherweise war sie schon dort. Dieser Gedanke ernüchterte ihn.

„Ich werde Jan und Agnieska retten, in Ordnung? Und wenn es nur ist, um zu beweisen, dass ich kein elender Feigling bin. Und du solltest besser am Leben sein, wenn ich nach Hause komme, Schwesterlein, sonst…"

Millionen von Ideen schossen ihm durch den Kopf, während er versuchte, einen Plan auszuhecken. Er war so in Gedanken, dass er die Gruppe von Männern nicht bemerkte, die sich plötzlich um ihn versammelte.

„Wer bist du, Fremder, und was tust du hier?", fragte ein verdreckter Mann mit einem Gewehr im Anschlag. In den Lauf einer Waffe zu schauen schien eine lästige Angewohnheit geworden zu sein.

„Mein Name ist Ryszard Blach", sagte er gedehnt, wie er es mit Katrina geübt hatte, um seinen deutschen Akzent zu vertuschen. „Ich bin aus dem Norden, wurde erst von den Russen vertrieben, dann von den Deutschen. Ich bin den ganzen Weg hergekommen, um bei Verwandten zu wohnen, aber ich habe mich verlaufen."

„Und wie würden deine Verwandten wohl heißen?", fragte ein Mann scharfsinnig.

„Lenska", erwiderte Richard, während ihm kalter Schweiß den Rücken herunterlief. „Magda Lenska ist meine Cousine zweiten Grades."

„Ah, Magda Lenska, die Hebamme. Das ist eine gute Frau." Der dürre und dreckige Mann beäugte Richard und die Tasche über seiner Schulter. „Einer meiner Männer kann dich dorthin bringen, aber es bringt uns deutlich von unserem Weg ab und ist auch ziemlich gefährlich."

Richard verstand und öffnete seine Tasche. „Nehmt das als Dank für euer großzügiges Angebot", sagte er und hielt dem Anführer der Gruppe das Brot und den Käse hin. Er konnte förmlich sehen, wie den hungrigen Männern das Wasser im Mund zusammenlief, während ihre Blicke am Essen klebten.

Minuten später, als kein Krümel des Brotes mehr übrig war, sagte der Anführer der Gruppe: „Zych bringt dich zu deiner Cousine."

Zych war offensichtlich ein Codename, denn der erwähnte Mann – oder eher Junge – brauchte einen Moment, um die Aufforderung zu verstehen und zu nicken. Richard verbarg ein Grinsen. Soldat Zych war eine Figur aus einem historischen Roman des polnischen Nobelpreisträgers Henryk Sienkiewicz. Richard hatte alle seine Bücher verschlungen, die ins Deutsche übersetzt worden waren, besonders den Roman *Quo Vadis?*, in dem es um die Christenverfolgung unter Kaiser Nero ging. Der Junge bewies einen Sinn für Ironie mit der Wahl seines Decknamens.

„Danke", sagte Richard und folgte dem Jungen durch den Wald. Nach etwa vier Stunden strammen Marsches über Stock und Stein, bei dem sie Lodz umrundeten, anstatt die kürzere – und von Deutschen bewachte – Hauptstraße zu nehmen, blieb Zych stehen und deutete auf ein Gebäude, das etwas höher war als die umliegenden. „Siehst du das Haus? Da gehst du links, bis du an einem Kurzwarengeschäft vorbeikommst, dann ist es das zweite Haus rechts. Viel Glück."

Richard wandte sich um, um dem Jungen zu danken, der nicht viel älter als vierzehn sein konnte, aber der war bereits in den Schutz der Bäume getaucht. Die Hände trotz des kühlen Frühsommerabends verschwitzt, machte Richard sich auf den Weg, Zychs Anweisungen zu Magda Lenskas Haus zu folgen. Dabei kam ihm ein verstörender Gedanke. *Sperrstunde.*

Zu dieser Jahreszeit waren die Nächte kurz. Er konnte es ohne den Schutz der Dunkelheit nicht riskieren, die Sperrstunde zu verletzen. Und er wollte ganz sicher nicht der blauen Polizei in die Arme laufen, einer Polizeihilfstruppe bestehend aus Polen oder polnisch sprechenden Ukrainern, oder noch schlimmer, einem seiner ehemaligen Kameraden. Also lehnte er sich an einen Baum und wartete auf die Morgendämmerung. Bei Tagesanbruch wagte er sich nach Lodz, um Magda Lenskas Haus aufzusuchen.

Wenn sie überrascht war, ihn an ihrer Haustür vorzufinden, dann ließ sie sich nichts anmerken und bat ihn herein.

KAPITEL 23

Richard saß mit einem Kräutertee in der Hand im kleinen, aber gemütlichen Salon der Hebamme. Das Zimmer war mit einem Sofa, einem kleinen Tisch und zwei Sesseln ausgestattet. Die Möbel waren alt, aber gepflegt. Die Wände waren wunderbar mit Bildern von Müttern und ihren Neugeborenen geschmückt, zusammen mit handgeschriebenen Danksagungen und Malereien von Lodz.

„Bitte, nennen Sie mich Magda, das tun alle", sagte sie und setzte sich ihm gegenüber auf das Sofa. Sie hatte die seltene Gabe, dass jeder um sie herum sich wohl und angenommen fühlte.

„Danke Magda, ich weiß Ihre Freundlichkeit zu schätzen." Er sah sie an und hoffte, dass es die richtige Entscheidung gewesen war, hierher zu kommen. Sie würde ihn nicht verraten – hoffentlich. Er wollte ihr allerdings auch keine Probleme bereiten.

„Also, was führt Sie zu mir?", fragte sie mit neugierigem Blick.

Richard seufzte tief und wich ihrem prüfenden Blick aus. „Es ist … wir … uns ist kein Plan eingefallen. Wir haben über hundert verschiedene Möglichkeiten nachgedacht, aber keine würde funktionieren. Wir können nur entweder den Jungen oder seine Tante retten, aber beide? Das ist nahezu unmöglich." Er rieb sich über die Bartstoppeln. Eine Nacht draußen im Wald und er war vermutlich so dreckig, wie er sich fühlte. „Bitte entschuldigen Sie mein Erscheinungsbild, ich bin gestern Abend nach der Sperrstunde angekommen."

„Ach, diese verdammte Sperrstunde." Wut funkelte in ihren Augen auf, als sie fortfuhr: „Diese Deutschen scheinen zu glauben, dass sich die Säuglinge an Stundenpläne halten und nur während der Bürozeiten auf die Welt kommen. Seit die Frau eines hochrangigen Nazis bei der Geburt fast gestorben wäre, weil ich von einer Patrouille aufgehalten wurde, habe ich eine Sondergenehmigung, sodass ich auch nach der Sperrstunde meiner Arbeit nachgehen kann. Aber die Menschen, die mich um Hilfe bitten, haben das nicht. Wir werden alle um so vieles glücklicher sein, wenn die Nazis endlich weg sind."

Ein leichter Schauer lief ihm über den Rücken. Trotz der Freundlichkeit der Hebamme hasste sie offensichtlich die deutschen Besatzer genauso wie jeder andere. Und das schloss auch ihn mit ein.

„Ich fürchte, ich kann Ihnen bei Ihrem Vorhaben nicht helfen. Wie ich schon sagte, ich kann Nachrichten in das Ghetto hinein und wieder herausschmuggeln, aber mehr auch nicht", sagte Magda und nippte an ihrem Tee. „Warum sind Sie wirklich hier?"

Scham huschte über Richards Gesicht, als er sich an Katrinas Zusammenbruch erinnerte. „Wir haben uns gestritten, Katrina und ich, und ich dachte, es wäre besser, wenn ich gehe. Es ist für sie sicherer. Meine Anwesenheit auf dem Hof wird früher oder später unerwünschte Nachfragen nach sich ziehen."

Magda war, wie viele Polen in der Region, zweisprachig aufgewachsen und wechselte mühelos von Polnisch zu Deutsch. „... denn trotz Ihrer Bauernkluft und dem fließenden Polnisch sind Sie nicht wirklich ein Vetter aus dem Norden. Ich war da schon und der Akzent ist anders als Ihrer." Es machte keinen Sinn, sie anzulügen, wenn er ihre Hilfe in Anspruch nehmen wollte.

„Ich glaube, Sie haben es bereits erraten. Ich bin einer von den verhassten Deutschen. Ein Wehrmachtssoldat. Ein Deserteur. Ein Mann, der von beiden Seiten gesucht wird. Als ich Katrina verlassen habe, wurde mir klar, dass ich nirgendwo hinkann, mich nirgendwo verstecken kann. Partisanen haben mich aufgegabelt und der einzige Name, der mir einfiel, war Ihrer. Bitte verzeihen Sie, dass ich Sie in Gefahr gebracht habe. Ich sollte gehen", sagte er müde und stellte seine Tasse auf dem Tisch ab.

„Nicht", sagte Magda und legte eine Hand auf seinen Arm. „Meine Aufgabe ist es, Leben in diese Welt zu bringen. Wie könnte ich Ihres riskieren, indem ich Sie fortjage? Essen Sie etwas und dann schlafen Sie. Wir reden am Abend."

Richard nickte und aß die Pierogi, die gemüsegefüllten Teigtaschen, die sie ihm vorsetzte. Dann legte er sich in die Ecke des Zimmers, während Magda Hausbesuche machte. Als sie am Abend zurückkehrte, fühlte Richard sich wie neugeboren. Ganze sechs Stunden Schlaf, Essen, Waschen und eine Rasur hatten nicht nur sein Aussehen, sondern auch seine Laune verbessert.

Aber der Streit mit Katrina belastete ihn noch immer. So sehr er auch glaubte, dass sein Fortgehen zum Besten war, hasste er die Art, wie sie sich getrennt hatten. Magda musste seine Traurigkeit bemerkt haben, denn sie sagte: „Sie sollten zum Bauernhof zurückkehren. Ich erkenne Liebe, wenn ich sie sehe, und Sie und Katrina Zdanek sind eindeutig verliebt."

„Es ist besser so. Ohne mich ist sie besser dran", beharrte Richard.

„Dieser Tage gibt es so wenig Zuneigung in der Welt und das Leben selbst ist so zerbrechlich. Liebe sollte bewahrt und festgehalten werden. Das ist es doch, was uns antreibt, wenn die Welt uns trist erscheint. Sie erfüllt unsere Herzen mit Hoffnung und unsere Seelen mit dem Mut, weiterzukämpfen, auch wenn die Niederlage unabwendbar erscheint. Nur Liebe kann Berge versetzen und Wunder vollbringen. Das erlebe ich jeden Tag bei meiner Arbeit."

„Sie will mich nicht mehr."

„Mein Sohn, wenn Sie so alt werden, wie ich es bin, werden Sie die Fehler in Ihren Entscheidungen erkennen. Dieses Mädchen ist jung und verwirrt. Sie muss die Bürde von so viel Verlust tragen und hilft trotzdem noch denen, die bereit sind, für unser Land zu kämpfen. Gott segne sie. Aber es hat seinen Preis und es ist nur natürlich, Ihnen die Schuld für alles zuzuschieben, was sie an Leid durch die Deutschen erfahren hat. Versetzen Sie sich doch einmal in ihre Lage und wenn Sie sie so sehr lieben, wie Sie vorgeben, dann helfen Sie ihr, durch dieses Tal des Verlustes zu wandern, anstatt wegzulaufen wie ein Feigling. Seien Sie ein Mann; zeigen Sie Größe und gehen Sie zu ihr zurück. Ich weiß, sie wird Sie mit offenen Armen empfangen."

„Ich bin kein …" Richard ballte die Hände zu Fäusten. … *Feigling*. Oder doch? Vielleicht war sein Weggehen feiger als zu bleiben. „Ich kann nicht zurück, ehe ich ihr nicht meine Loyalität bewiesen habe. Und das will ich tun, indem ich Janusz und Agnieska befreie. Ich muss das tun, um Katrinas Respekt zu verdienen. Ihr Bruder Stan verachtet mich, und seinen Respekt würde ich mir auch gern verdienen. Ich will wie ein Freund behandelt werden, anstatt wie ein teuflischer Feind."

„Ich sehe schon, Sie sind eine sanfte Seele", erwiderte die Hebamme. „Ich würde auch lieber Leben retten, als zu vernichten. Ich werde Ihnen helfen und ich bete, dass Ihre Bemühungen Erfolg haben. Lassen Sie uns in die Küche gehen und *Pierogi* machen; kochen hilft mir immer zu entspannen." Richard folgte ihr in die Küche und sah ihr bei der Arbeit zu, während sie über dies und das redeten und versuchten, einen Weg zu finden, wie man Katrinas Verwandte retten konnte.

Richard bemerkte den Medizinkoffer, der neben der Haustür stand, immer bereit, falls eine Schwangere dringend Hilfe benötigte. Daneben hingen ihr Mantel und ein Hut. Magda wusch ihre Hände, nachdem sie den Teig geknetet hatte. Ein nervtötendes Tropfen drang an sein Ohr und er sah sich auf der Suche nach der Ursache des Geräuschs um. Ein tropfender Wasserhahn.

„Der tropft schon seit Wochen", sagte Magda mit einem Schulterzucken.

„Darf ich versuchen, ihn zu reparieren?", fragte er.

„Sehr gern. Unter dem Waschbecken steht ein Werkzeugkoffer."

Richard fand das benötigte Werkzeug und begann, an dem Wasserhahn zu arbeiten. Wenigstens konnte er der Frau ein wenig helfen, die ihn so bereitwillig in ihr Haus aufgenommen hatte. Nach dem Wasserhahn widmete er sich dem wackeligen Regal. Es war offensichtlich, dass kein Mann im Haus lebte.

„Was ist mit Ihrer Familie?", fragte er und sah sich nach weiteren Sachen um, die repariert werden mussten.

„Meine vier Kinder sind alle erwachsen und haben eigene Familien. Und mein Mann wurde zur Arbeit ins Reich geschickt. Ich habe schon eine Weile nichts von ihm gehört …" Sie zuckte mit den Schultern, womit sie anscheinend die Sehnsucht vertreiben wollte. „Normalerweise bin ich zu beschäftigt, um mir Sorgen zu machen. Man sollte meinen, dass während des Krieges weniger Kinder geboren werden, aber nein. Ganz im Gegenteil."

Das Wort Kinder setzte die Räder in seinem Gehirn in Bewegung. „Was wissen Sie über das Kinder- KZ?", fragte Richard.

„Ich war noch nie dort, auch wenn es vom Ghetto nur durch einen Holzzaun abgetrennt ist. Warum fragen Sie?"

„Neulich kam eine Nachbarin, Frau Kozlow, zum Bauernhof, um sich eine Heckenschere auszuleihen, und sie arbeitet im Kinder-KZ."

„Tekla Kozlow?" Magda verzog das Gesicht. „Die kenne ich gut, da ich alle ihre fünf Kinder auf die Welt geholt habe. Die Frau hat kein Gramm Rechtschaffenheit oder Mitgefühl in ihrem Körper. Die interessiert sich nur für sich selbst. Ich kann mir gut vorstellen, wie gern sie dort arbeitet."

Den gleichen Eindruck hatte Richard auch gewonnen, als er Frau Kozlow vor ein paar Tagen kennengelernt hatte, zog es aber vor, ihre Charakterzüge nicht weiter zu erörtern. „Frau Kozlow hat erwähnt, dass das Lager nicht besonders streng bewacht wird. Nicht so wie das Ghetto oder die Lager für Erwachsene."

„Und weiter?", ermutigte ihn die Hebamme, während sie den Teig zu Sicheln formte.

„Wenn Janusz sich ins Kinderlager schleichen könnte –"

„Dann kommt er vom Regen in die Traufe", unterbrach Magda ihn und stopfte Kräuter und zerstampfte Kartoffeln in die Teigstücke.

„Ich habe gehört, dass Kinder mit nordischem Aussehen für die Germanisierung ausgewählt und zur Adoption ins Reich geschickt werden. Vielleicht ist Janusz …"

„Der kleine Jan?" Die Hebamme lachte. „Er hat die hohen Wangenknochen und dunklen Augen seiner Mutter, übrigens eine wunderschöne Frau. Er sieht aus wie ein Paradebeispiel für die slavische Rasse. So war es jedenfalls vor vier Jahren, als ich ihn das letzte Mal gesehen habe. Abgesehen davon würde seine Anwesenheit dort unzählige Fragen aufwerfen. Sie als Deutscher sollten wissen, wie pingelig Ihre Landsleute mit ihren Listen sind, wo jedes kleinste Detail drin erfasst wird", sagte Magda, während sie den Teig geschickt zu den Knödeln faltete, die als *Pierogi* bekannt waren.

Richard spürte, wie sein Mut sank und einen Moment lang

zweifelte er daran, dass er die enorme Verantwortung würde tragen können, die er auf sich genommen hatte. Darüber hatte er nicht nachgedacht. Selbst wenn sie Janusz für die Germanisierung auswählten, würden sie bald Fragen über seine Herkunft stellen. Es würde nicht lange dauern, bis jemand ihn erkannte. Eine Weile beobachtete er schweigend, wie Magda Wasser auf dem Herd zum Kochen brachte.

„Wenn er also auf keiner ihrer Listen auftaucht, wird auch niemand merken, wenn er verschwindet, richtig?", dachte Richard laut.

Magda nickte.

„Sie haben gesagt, das Kinder- KZ ist vom Ghetto nur durch einen wackeligen Holzzaun getrennt. Wenn er nachts irgendwie in das Lager schleichen kann, dann könnte ich am frühen Morgen dorthin gehen, mich als Beamter vom Rasseninstitut ausgeben, Janusz herauspicken und mit ihm verschwinden."

„Sie? In der Bauernkluft? Die würden Sie erschießen, noch ehe sie einen Ton herausgebracht hätten." Magda legte die Knödel in das kochende Wasser. „Das Abendessen ist fast fertig. Würden Sie mir bitte helfen, den Tisch zu decken?"

Richard nickte und trug die Teller zu dem kleinen Küchentisch. „Ich habe meine Uniform im Wald versteckt, ehe ich zu Ihnen gekommen bin."

„Listiger, als ich Ihnen zugetraut hätte", sagte sie mit einem Lächeln. „Mit Ihrer Wehrmachtsuniform könnte es sogar funktionieren. Die Wärter sind Polen und werden es vermutlich nicht wagen, Fragen zu stellen."

Richards Gehirn arbeitete auf Hochtouren auf der Suche nach durchführbaren Rettungsmöglichkeiten, während er sich *Pierogi* in den Mund stopfte. „Die sind hervorragend. Die besten, die ich je gegessen habe", sagte er.

„Das Rezept wird schon seit Generationen in meiner Familie weitergereicht." Magda strahlte vor Stolz und aß selbst ein

Stück. „Es gibt nur ein Problem. Wie werden Sie Jan überhaupt finden?"

„Ähmmm … daran habe ich noch nicht gedacht", sagte er. Laut Frau Kozlow lebten und arbeiteten ständig um die zweitausend Kinder in dem Lager. Dort nach einem bestimmten Jungen zu suchen, war wie die sprichwörtliche Nadel im Heuhaufen zu finden. Selbst wenn Richard den Jungen kannte. Was er nicht tat.

Wie konnte er einen Jungen ausfindig machen, den er noch nie gesehen hatte? Für den Bruchteil einer Sekunde zog er in Erwägung, Katrina zu fragen, ob sie ihn begleiten würde, aber das würde die Mission nur komplizierter machen und sie in Gefahr bringen. Nein, die besten Erfolgsaussichten hatte er, wenn er allein vorging.

„Was wenn …" Richard fuhr sich mit der Hand durch die Haare und warf der Hebamme einen Blick zu. „… Hören Sie mich erst an, ehe Sie entscheiden. Was wäre, wenn Sie noch eine Nachricht an Agnieska überbringen, in der genau steht, wann und wo Janusz auf mich warten muss?"

„Dazu bräuchten wir Details über das Kinderlager. Informationen von innen", sagte Magda und sie sahen sich an, ehe sie gleichzeitig sagten: „Tekla Kozlow."

„Es sieht wohl so aus, als müsste ich ihr morgen einen Besuch abstatten. Sie bleiben in Deckung und denken über den Plan nach. Es gibt viel vorzubereiten, um sicherzustellen, dass er funktioniert. Und dann wollen Sie ja auch noch Agnieska befreien."

Richard wurde blass; in seiner Aufregung über das Kinderlager hatte er Agnieska ganz vergessen.

* * *

Am nächsten Tag wartete er auf glühenden Kohlen auf Magdas Rückkehr von ihrem Besuch bei Frau Kozlow.

„Wie ist es gelaufen?", fragte er, sobald Magda die Tür hinter sich geschlossen hatte.

„Gut, sehr gut sogar. Setzen wir uns", antwortete sie. Auf dem Weg zum Küchentisch schnappte sie sich einen Stift und ein Blatt Papier. „Tekla war so damit beschäftigt, mit ihrer wichtigen Arbeit für die Deutschen anzugeben, dass sie gar nicht bemerkt hat, wie ich sie ausgefragt habe."

Richard beobachtete aufgeregt, wie Magda eine ziemlich akkurate Karte des Ghettos und des Kinder-KZs zeichnete, inklusive der Fabriken und Schlafbaracken.

„Hier." Richard zeigte auf ein Rechteck hinter den anderen Baracken, aber näher am Tor. „Was ist das?"

„Die Quarantänebaracken für die Schwerkranken. Tekla sagte, dort mag niemand hingehen aus Angst, sich anzustecken."

„Dann ist das der perfekte Treffpunkt." Richard strahlte. „Wenn Janusz sich dort irgendwo verstecken könnte, werde ich ihn mit Sicherheit sofort finden."

„Gute Idee." Magda nickte, zeichnete die Karte fertig und setzte ein Tor in den Zaun, der das Ghetto vom Kinderlager trennte. „Hier, dieses Tor." Sie tippte mit dem Finger auf die Karte. „Das könnte unser Problem lösen, wie wir Agnieska retten können."

Richard sah sie etwas verständnislos an. Die Hebamme grinste ihn an und sagte, „Teklas lose Zunge hat mir haufenweise Informationen von unschätzbarem Wert verraten."

KAPITEL 24

Die nächsten Tage waren gefüllt mit Aktivitäten und verstrichen wie im Flug. Richard und Magda perfektionierten ihren Plan und gingen ihn mehrfach durch. Auf dem Papier sah er gut aus, aber er wusste, dass er bestenfalls schwach war. Dennoch war er alles, was sie hatten. Sie konnten jedoch nicht länger warten, denn die Anzeichen für den Beginn der finalen Deportation und die Schließung des Ghettos wurden täglich deutlicher.

Magda überbrachte Agnieska die Nachricht mit präzisen Anweisungen für Jan, im Schutz der Dunkelheit über den Zaun zu klettern und sich in der Nähe der Quarantänebaracken zu verstecken, bis Richard ihn abholte.

Richard hatte seine Wehrmachtsuniform aus dem Wald geholt und einen Ausweis hergestellt, der einem echten ähnlich genug sah, um einen desinteressierten polnischen Wachmann zu täuschen.

Agnieska hatte dafür gesorgt, dass sie dafür eingeteilt wurde, im Kinder-KZ den Neuankömmlingen zu zeigen, wie man die Körbe für die Artilleriemunition für die deutsche Kriegsmaschinerie herstellte. Da die Deutschen ihre Drecksarbeit nicht selbst erledigten, überließen sie diese Aufgabe den Juden.

„Jetzt oder nie", sagte Richard eines Tages.

„Morgen ist der Tag", sagte Magda und zwinkerte ihm zu. „Es gibt nur noch eine Sache zu erledigen." Dann zog sie ihren Mantel an und schnappte sich ihren Medizinkoffer.

„Viel Glück", sagte Richard. Dieser Teil des Plans war entscheidend für die Rettung nicht nur Jans, sondern auch seiner Tante. Gleichzeitig war er am schwierigsten vorzubereiten. Es konnte so viel schiefgehen. Wenn Tekla misstrauisch wurde, konnte das sogar die ganze Mission gefährden.

Richard konnte kaum still sitzen und lief bestimmt hundertmal im Zimmer auf und ab. Er versuchte, sich mit Briefeschreiben zu beschäftigen – einen an seine Familie, einen weiteren an Katrina. Für den Fall, dass er starb, würde Magda dafür sorgen, dass sie bei den Adressaten ankamen. Aber er hoffte, dass er Katrina persönlich sagen könnte, wie sehr er sie liebte. Und seiner Familie kurz danach, sobald der Krieg vorbei war.

Als Magda mehrere Stunden später zurückkehrte, verbarg er seine zitternden Hände.

„Die arme Tekla, sie ist krank geworden." Die Hebamme grinste und Richard hätte am liebsten vor Erleichterung losgeheult.

„Gott sei Dank hat es funktioniert", stieß er hervor. Magda hatte süßes Paczki-Gebäck mit speziellen Kräutern präpariert und diese Tekla angeboten. Ganz wie vorhergesehen hatte die gierige Frau alle aufgefuttert und Magda nur eins übrig gelassen. Innerhalb der nächsten Stunde war sie im Dauerlauf zum Klohäuschen im Hinterhof gerannt.

„In ihrer Angst, ihre angesehene Arbeit bei den Deutschen zu verlieren, hat sie mich um Hilfe gebeten", berichtete Magda. „Ich habe ihr eine Dosis Medizin verabreicht, die sie für die nächsten vierundzwanzig Stunden umhauen wird und ihr versprochen, einen Ersatz zu finden, der einen Tag für sie einspringt." Magda wedelte mit einer Sondergenehmigung für diejenigen, die im Kinderlager arbeiteten.

Richard schluckte. Ihr schmales Fenster der einmaligen Gelegenheit hatte sich kurz geöffnet. Es würde nur einen Tag offenstehen, andernfalls ... Er machte die ganze Nacht kein Auge zu. Seine Gedanken kreisten um das Vorhaben und alles, was dabei schiefgehen konnte. Es gab keinen Plan B und nur mit Gottes Hilfe würden sie alle vier nächste Woche noch am Leben sein.

Am frühen Morgen rasierte er sich und zog seine Uniform an, die von Magda gewaschen und einwandfrei gebügelt worden war. Das Frühstück würdigte er keines Blickes, denn sein Magen schlug Purzelbäume vor Aufregung.

„Viel Glück", sagte Magda und umarmte ihn. „Denk dran, immer ruhig bleiben. Selbst wenn etwas fehlschlägt, niemals die Ruhe verlieren, nicht zusammenzucken und schon gar nicht wegrennen."

Wenn ich das tue, schießt man mir in den Rücken.

Er nickte. Theoretisch wusste er das alles. Während seiner Zeit in der Sicherungstruppe hatte er gelernt, woran man einen Verdächtigen erkannte. Letztendlich ging es immer um Nervosität. Nur die Unschuldigen – oder die Abgeklärten – blieben trotz Angst relativ ruhig.

Auf der anderen Seite zu stehen war wesentlich nervenaufreibender, als er geglaubt hatte. Mit schweißnassen Händen schlich er vor Sonnenaufgang aus Magdas Wohnung und drückte sich im Schutz der Häuser herum, bis es Zeit war, das Kinder-KZ pünktlich um sieben Uhr aufzusuchen.

Bitte Gott, lass alles klappen. Richard hatte Magdas Lageplan des Lagers auswendig gelernt, aber er konnte nur hoffen, dass Frau Kozlows Angaben korrekt waren.

Er näherte sich dem Tor und beobachtete den Wachmann in seinem Glashäuschen. Er war unbewaffnet. Anscheinend erwartete niemand, dass die Kinder zu fliehen versuchten. Richard holte ein letztes Mal tief Luft und trat dann vor das winzige Fenster, legte seinen gefälschten Ausweis vor und bellte den Wachmann an: „Klausen. Rasseninstitut."

Der Wachmann warf einen Blick auf Richards feldgraue Uniform, komplett mit Feldmütze, und öffnete das Tor für ihn.

Das Herz schlug ihm bis zum Hals, während Richard über den Appellplatz marschierte und sich aus dem Augenwinkel einen Überblick verschaffte. Um diese Zeit war das Lager wie leer gefegt, da die Kinder schon bei der Arbeit waren. Die Anordnung der Baracken entsprach mehr oder weniger den Rechtecken auf der Karte und er wandte sich nach links, wo sich die Quarantänebaracken befinden sollten.

Ein tiefer Seufzer entwischte ihm, als er das Steingebäude sah, das noch verwahrloster wirkte als der Rest. Er bewegte sich aus dem Sichtfeld des Tores und hinter das Gebäude, wo er Jan und Agnieska vorzufinden hoffte.

Nichts.

Richard schrie fast vor Enttäuschung, bis ihm einfiel, dass Jan sich verstecken würde, bis er „W żłobie leży" pfiff, ein bekanntes polnisches Weihnachtslied. Er hatte die erste Strophe der Melodie noch nicht beendet, als ein furchtbar ausgemergelter Junge aus seinem Versteck gekrochen kam.

„Janusz Zdanek?"

Der Junge nickte.

„Wo ist deine Tante?"

„In ... in ... der Fabrik ... denke ich. Sie hat gesagt, wir sollen ihre Sachen hierlassen, falls sie einen Weg findet, sich herauszuschleichen."

Richard zog Frau Kozlows Uniform und Mitarbeiterausweis unter seiner Jacke hervor und versteckte sie unter einem Busch. Dann betrachtete er die Kleidung des Jungen. Sie war schäbig, aber das war im kriegsgebeutelten Polen normal. Wenigstens hatte Agnieska daran gedacht, den blauen Stern auf weißem Grund von Jans Hemd zu entfernen. Richard lächelte und sprach den Jungen wieder an, der ihn mit weit aufgerissenen Augen anstarrte. „Ich werde dich zu deiner Familie bringen, aber du musst so tun, als hättest du Angst vor mir. Schaffst du das?"

Jan nickte. Offensichtlich flößte ihm die Wehrmachtsuniform bereits so viel Angst ein, dass er nicht schauspielern musste.

Richard packte ihn fest am Arm und zerrte den Jungen hinter sich her, so wie jeder Soldat einen kleinen Ganoven behandeln würde. Als sie den Ausgang erreichten, erwartete Richard, dass der Wachmann das gleiche Desinteresse zeigen würde wie zuvor und das Tor fraglos für den deutschen Soldaten öffnen würde.

„He! Wo wollen Sie mit dem Jungen hin?", fragte der Wachmann und kam aus seinem Glaskasten.

„Herr ... Dymek", las Richard auf dem Namensschild des Wachmanns, „ist das die respektvolle Art, mit der Sie einen Offizier vom Rasseninstitut ansprechen? Ich müsste vielleicht mal ein Wörtchen mit Ihrem Vorgesetzten reden."

Der Mann bewegte sich nicht und Richard sammelte all seinen Mut, um den Mann niederzustarren, während er Jans Arm fester packte, aus Angst, der Junge könnte einen Fluchtversuch unternehmen. „Zu Ihrer Information, der Kommandant persönlich will, dass dieser Junge zur Germanisierung geschickt wird, und ich bringe ihn ins Übergangslager."

„Ich habe Sie hier noch nie gesehen", argumentierte der Wachmann.

„Was wollen Sie damit sagen, Polacke?" Richard wurde absichtlich laut, aber der Pole blieb störrisch und wollte weder die gefälschten Entlassungspapiere abstempeln noch das Tor öffnen. „Sie haben die Papiere gesehen. Was wollen Sie denn noch? Falls Sie es nicht bemerkt haben, ich habe zu tun. Der

Laster, der die Kinder abtransportieren soll, steht bereit und wartet auf den letzten Passagier."

„Kann nicht jedes Stück Papier abstempeln, das mir vorgelegt wird." Der Mann blieb eisern und beäugte Richard und Jan weiterhin misstrauisch. „Muss diese Dokumente sorgfältig lesen. Der Kommandant duldet keine Fehler."

„Der Kommandant hat heute extrem schlechte Laune, also warum gehen Sie nicht rüber in sein Büro und erklären ihm, dass Sie den Abtransport verzögert haben. Das heitert ihn bestimmt auf, nicht wahr?" Richard spürte, dass der Mann nahe daran war, nachzugeben. Bevor er es sich anders überlegen konnte, spielte er das Ass in seinem Ärmel aus. „Ich sage Ihnen, was Sie machen können, Sie unverschämter Kerl! Behalten Sie den Jungen und übergeben Sie ihn selbst. Aber glauben Sie mir, dass ich Ihren Namen in meinem Bericht an den Reichsstatthalter erwähnen werde. Sieht aus, als flösse da jede Menge stures jüdisches Blut in Ihren Adern."

Der Wachmann erbleichte und im nächsten Moment landete der Stempel mit lautem Krachen auf Jans Ausweis. Richard stapfte mit Janusz im Schlepptau davon und grummelte den Wachmann an, der dem Schwindler in Uniform das Tor öffnete.

Der wütende Herr Dymek ließ sich jede Menge Zeit damit, den Schlüssel umzudrehen und das Tor zu öffnen, sodass Richard schon fast hyperventilierte. Warum konnte der dumme Mann sich nicht beeilen? Natürlich kannte er die Antwort. Es war die stille Rache des machtlosen Polen, der seine Besatzer genauso hasste wie jeder andere auch, obwohl er für sie arbeitete.

Nach einer halben Ewigkeit schwang das Tor endlich auf und Richard stieß erleichtert den Atem aus. Mit übermenschlicher Selbstbeherrschung schaffte er es, das Tor zu durchschreiten, als hätte er den Nazis nicht gerade einen todgeweihten jüdischen Jungen unter der Nase weggestohlen.

Doch der nächste kalte Guss ließ nicht lange auf sich warten.

KAPITEL 25

Richard zerrte den verängstigten Janusz durch das Tor, als er zwei deutsche Soldaten auf das Lager zukommen sah, zwischen sich einen Jungen von etwa fünfzehn oder sechzehn Jahren.

„Lasst mich los! Ich bin kein Dieb. Ich hab nix gestohlen!", schrie der um sich tretende und schlagende Junge die Soldaten an. Die beiden Männer waren zu sehr mit dem kleinen Rabauken beschäftigt, um hochzusehen. Aber Richard brauchte sein Gesicht nicht zu sehen, um einen von ihnen zu erkennen. Wie könnte er ihn vergessen haben?

Die breiten Schultern, der autoritäre Gang und die leise, aber volltönende Stimme gehörten unverkennbar seinem ehemaligen Staffelleiter, dem Obergefreiten Johann Hauser. Richards Beine zuckten. Sein Fluchtinstinkt lieferte sich mit seinem gesunden Menschenverstand eine heftige Schlacht. Irgendwie schaffte er es, ruhig zu bleiben, und hoffte gegen alle Hoffnung, dass er sich aus der Situation herausreden konnte.

Er setzte einen beherzten Fuß auf die Straße und tat so, als stünden er und Jan nicht kurz davor, aus nächster Nähe erschossen zu werden, während er betete, dass Johann nicht hochsehen würde, ihn nicht erkennen würde, nicht …

Zu spät.

Der zweite Soldat boxte den tretenden Jungen in die Rippen und Johann hob den Blick, um den Wachmann anzusprechen, der drei Schritte hinter Richard und Jan stand. Er sah Richard einen quälenden, sich immer mehr in die Länge ziehenden Moment lang an, während die Zeit stillzustehen schien. Erkennen blitzte in Johanns Gesicht auf, ehe er seinen Blick von seinem früheren Freund losriss und auf den zappelnden Jungen richtete, den Richard festhielt. Ein halb verhungerter, verdreckter Elfjähriger, dessen Körper aussah wie der eines Achtjährigen, doch dessen Augen das unermessliche Leid der gesamten jüdischen Rasse reflektierten.

Richards Herz hämmerte wild in seiner Brust. *Es ist vorbei.* Auf frischer Tat ertappt. Ein angeblich toter Deutscher und ein jüdischer Junge. Da gab es nichts zu deuteln oder zu beschönigen.

Johann war ein guter Mann mit Moral, nicht so ein randalierender SS-Perverser, der Freude am Plündern, Vergewaltigen und Morden hatte. Aber er war immer noch ein Soldat und damit an die Regeln Hitlers und der Wehrmacht gebunden.

Johanns Augen kehrten zu Richard zurück, dessen Lippen stumm flehten. Ein kaum merkliches Nicken war die Antwort, ehe Johann seine rechte Hand zum Gruß hob. „Sieg Heil!"

„Sieg Heil!", erwiderte Richard und trat zur Seite, um Johanns Gruppe passieren zu lassen. Dann sagte er zu Jan: „Beeil dich oder wir kommen zu spät."

Kalter Schweiß rann ihm den Rücken herunter. Richard keuchte wie eine Dampflok, während er versuchte, eine ruhige Fassade aufzusetzen. Gemeinsam gingen sie die Straße herunter und bogen um die erste Ecke. Er lehnte sich mit wackeligen Knien an das Gebäude. Sein Atem kam stoßweise. Der arme Junge wirkte ebenso erschüttert, obwohl er nicht hätte wissen können, wie nah sie einer Katastrophe gewesen waren.

„Jan", sagte Richard und hockte sich vor ihn. „Wie gut kennst du dich hier in der Gegend aus?"

„Ich bin mit Mama und Papa oft hier gewesen … bevor …" Tränen traten ihm in die Augen. „Findest du den Weg aus Lodz heraus zum Hof deiner Tante Katrina?"

„Klar. Ich bin ja nicht mehr klein, weißt du?"

Richard musste lachen angesichts Jans Eifers, erwachsen zu sein. „Das weiß ich. Und du hast bis hierher eine fantastische Leistung hingelegt. Also hör zu, es ist wichtig, dass du genau tust, was ich dir sage, verstanden?"

„Ja. Wirst du jetzt auch Tante Agni befreien?"

„Nein. Ich kann nicht ins Lager zurückgehen, sonst wird der Wachmann misstrauisch." Richard schwieg, als die Lippen des Jungen zu zittern begannen. „Komm schon, Kämpfer, vergiss nicht, dass wir die Uniform und den Ausweis einer Lagermitarbeiterin für deine Tante dagelassen haben. Sie wird sie einfach anziehen und mit hoch erhobenem Kopf durch das Tor hinausspazieren." Richard wünschte, es wäre so einfach. Da konnten eine Million Dinge schiefgehen, aber er konnte nichts anderes tun als Warten. „Aber jetzt zu dir und mir. Es ist zu gefährlich, wenn wir zusammen gesehen werden. Du gehst die Hauptstraße zum Bauernhof entlang und versteckst dich im Wald direkt hinter dem großen Feld."

„Und Sie?"

„Ich verstecke meine Uniform und treffe dich dort." Richard hielt einen Moment inne, ehe er fortfuhr: „Wenn ich bis Sonnenuntergang nicht dort bin … dann brauchst du nicht auf mich zu warten. Stell sicher, dass Katrina allein ist, dann schleichst du dich zur Hintertür und klopfst. Sie wird dich reinlassen."

„Sie sind nett, trotz Ihrer Uniform", sagte Jan und das Kompliment wärmte Richards Herz.

„Denk dran, du bist Jan Blach aus dem Norden und suchst nach Verwandten hier. Aber es ist besser, wenn du gar nicht erst gefragt wirst." Er drückte dem Jungen einen Moment die Hand und klopfte ihm dann auf den Hintern. „Und jetzt los."

Jan trabte los und verschwand bald aus Richards Blickfeld. Es war sinnvoll, sich zu trennen. Trotzdem juckte es ihn, dem Jungen nachzugehen und an seiner Seite zu bleiben – ihn vor allem zu beschützen, was ihm unterwegs begegnen könnte.

Richard hatte seine bäuerlichen Klamotten unter einem Busch am Waldrand versteckt und hoffte, dass sie noch dort waren. Die Uniform hatte ihren Zweck erfüllt; sie weiter zu tragen war ein Risiko. Er fand seine Sachen, zog sich um und nahm den langen, gewundenen Pfad durch die Wälder zurück zu Katrinas Hof, von dem aus er zu seinem Vorhaben vor mehr als einer Woche aufgebrochen war.

Seine Gedanken blieben betrübt. Er sorgte sich um Jans Sicherheit ebenso wie um Agnieskas und Magdas. Eine Welle der Dankbarkeit durchflutete seine Adern als er sich an Johanns kleine, und doch so bedeutsame Geste erinnerte. Er nahm sich vor, ihm eines Tages ordentlich dafür zu danken, wenn sie beide diesen grässlichen Krieg überlebten. Dann wanderten seine Gedanken zu Katrina. Schöne, süße, intelligente, starke, unabhängige Katrina. Wenn sie doch nur über seine Herkunft hinwegsehen könnte und ihn wieder zurücknehmen würde. Er hatte sie in der vergangenen Woche jede Minute vermisst und mit jedem Schritt, den er in Richtung Bauernhof machte, wurden seine Gefühle intensiver. Mehrere Stunden Fußmarsch durch den dämmerigen Wald waren nicht dazu angetan, ihn zu beruhigen. Was, wenn ... nein, es war sinnlos, sich das schlimmstmögliche Ergebnis auszumalen. Er konnte nicht mehr tun, als ihr zu sagen, wie sehr er sie liebte.

Genau wie er ihm gesagt hatte, saß Janusz unter einem Baum, den Rücken an den Stamm gelehnt.

„Hallo Jan", rief Richard.

Aber der Junge rührte sich nicht. Als Richard sich ihm näherte, bemerkte er das engelsgleiche Gesicht mit den geschlossenen Augen und dem friedlichen Lächeln auf den Lippen. Es schnürte ihm die Kehle zu, aber im nächsten Moment lachte er erleichtert in sich hinein, als er bemerkte, wie der Brustkorb des Jungen sich hob und senkte.

Er hockte sich neben Jan und legte eine Hand auf seinen Arm. „He, Großer, Zeit aufzuwachen."

Jan öffnete erschrocken die Augen, dann den Mund. Bevor er losschreien konnte, presste Richard ihm eine große Hand über den Mund und sagte: „Pssst. Ich bin es, Richard. Erinnerst du dich? Ich habe dich aus dem Lager geholt."

Erkennen leuchtete in Jans dunkelbraunen Augen auf und er nickte.

„Ich nehme jetzt die Hand weg – versprichst du mir, nicht zu schreien?"

Noch ein Nicken.

„Ich habe nicht geschlafen", sagte Jan wichtigtuerisch. „Ich habe nur die Augen zugemacht, damit ich die Geräusche des Waldes besser hören kann."

„Das weiß ich doch, Großer." Richard nickte ebenso ernsthaft. „Jetzt lass uns gehen und deine Tante Katrina überraschen."

Freude und Übermut kehrten in Jans Gesichtsausdruck zurück, während sie über das Feld in den Hinterhof gingen, am Kaninchengehege, dem Hühnerauslauf und dem Kräutergarten vorbei zur Hintertür. Richard atmete tief ein; die Luft angereichert mit dem Aroma von Thymian, Zitronenmelisse und Pfefferminz. Es roch nach Katrina. Er lächelte und klopfte an die Tür.

Sie machte auf und sah erst ihn an, dann den Jungen und wieder zu ihm, bevor sie anfing zu kreischen. „Du bist zurück! Und du hast meinen Neffen mitgebracht!" Dann warf sie die

Arme um Jan, hob ihn in die Luft und übersäte sein liebes Gesicht mit Küssen.

Jan zog mit dem rechtschaffenen Ekel eines Elfjährigen die Nase kraus, der wie ein Kind behandelt wurde, erkannte aber bald die Vergeblichkeit seines stillen Protests und schlang die Arme um seine Tante. Richard wendete diskret den Blick ab, als dem Jungen dicke Tränen über die Wangen liefen, die dreckige Schlieren hinterließen. Minuten später gab sie den Jungen frei und umarmte stattdessen Richard.

„Mein schrecklicher Ausbruch tut mir so leid, mein Liebling", flüsterte sie. „Bitte sag, dass du mir vergibst, oder ich werde keinen Moment des Friedens mehr haben."

„Es gibt nichts zu vergeben, meine Liebste. Dir sind furchtbare Dinge passiert und ich verstehe, warum du auf mich losgegangen bist. Halte mich bitte nicht für einen furchtbaren Menschen. Ich hoffe, du kennst mich besser."

„Du bist der großzügigste, freundlichste, mitfühlendste Mensch, der mir je begegnet ist. Der Krieg neigt dazu, unsere Männer hart und bitter zu machen wie Stan und Jarek. Aber dich nicht, du hast dir die Güte deines Herzens bewahrt." Katrina weinte vor Freude und sagte, „Ich liebe dich, Richard Klausen. Die Tage ohne dich waren die Hölle. Weiche mir nie wieder von der Seite."

„Das werde ich nicht." Richard küsste sie lange und intensiv, bis Jans Kichern an sein Ohr drang. Der Junge zog ein leicht angeekeltes Gesicht und brummelte etwas Ähnliches wie „rührselige Erwachsene".

„Ihr müsst beide hungrig sein", sagte Katrina und ging zum Herd, wo sie eine schnelle Mahlzeit aus gekochten Kartoffeln vom Vortag und Spinat zauberte. Als sie jedem einen Teller mit einer bescheidenen Portion reichte, quollen Jans Augen ungläubig über. „Das ist alles für mich?"

„Das alles", versicherte Katrina ihm. „Und später kannst du noch mehr haben."

Jan leerte seinen Teller in Sekunden, aber als Richard ihm seinen eigenen Teller rüberschieben wollte, sagte Katrina: „Nein. Sein Magen ist so viel Essen nicht gewohnt. Er muss langsam machen." Sie drehte sich um, um ihnen Wasser einzugießen, als Angst in ihrem Gesicht aufflackerte. „Was ist mit Agnieska? In der ganzen Aufregung habe ich sie ganz vergessen."

„Wir werden warten müssen", erwiderte Richard und stand auf, um seinen Teller zur Spüle zu tragen. „Wenn alles nach Plan läuft, sollte sie heute Abend hier auftauchen."

Katrina wartete nicht, bis er seinen Satz beendet hatte, um sich ihm in die Arme zu werfen. Sie übersäte sein Gesicht mit Küssen. Die ganze Anspannung verließ seinen Körper wie ein Fluss, der in Richtung Meer strömte. Alles würde gut ausgehen. Er war genau da, wo er sein wollte, mit der Frau, die er liebte, im Arm. Er fing ihren Mund mit seinem ein und genoss ihren süßen Geschmack, die Weichheit ihrer Lippen und Zunge, die Liebe und das Verlangen, das durch seinen Körper schoss.

„Hmm. Hmm", machte eine tiefe Stimme neben Richards Ohr.

Er brach den Kuss ab und starrte direkt in Stans krebsrotes Gesicht.

KAPITEL 26

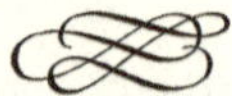

„Du bist also zurück wie Unkraut?", knurrte Stan.

„Stan, halt einen Moment den Mund sieh dir an, wen Richard mitgebracht hat", schimpfte Katrina und zeigte auf Jan.

Stans Kinnlade klappte herunter und er sagte ungläubig: „Bist du das? Jan? Bist du das wirklich?"

„Onkel Stan?", antwortete Jan.

„Du bist es. Gott sei Dank! Du lebst!" Er nahm den Jungen in die Arme, küsste und knuddelte ihn so fest, dass der sich losriss und dann wegrannte, um sich hinter Katrina zu verstecken.

Stan stand mitten im Raum, drehte seine Mütze in den Händen und studierte intensiv seine Schuhspitzen. Als er endlich den Kopf hob, um Richard anzusehen, war sein Ausdruck voller Scham. „Ich vermute … vielleicht bist du doch kein so übler Kerl …"

Richard verspürte keine Schadenfreude dabei, dass der andere Mann darum kämpfte, seinen Fehler zuzugeben. Er hätte vermutlich genauso reagiert, wenn eine seiner Schwestern – Gott bewahre – sich in den Feind verliebt hätte. Er streckte seine Hand aus und sagte: „Lassen wir es gut sein."

Stan nahm die ausgestreckte Hand und schüttelte sie energisch. „Bitte verzeih mir, dass ich dir das Leben zur Hölle gemacht habe. Und vielen Dank, dass du dein Leben riskiert hast, um Jan zu retten. Ich werde für immer in deiner Schuld stehen."

„Ich liebe deine Schwester wirklich und es war das Mindeste, was ich tun konnte", erwiderte Richard.

Stan zuckte bei der Erwähnung des Wortes Liebe zusammen, bemühte sich aber um ein Lächeln. „Wir werden später darüber reden. Meine Schwester ist eine ehrbare Frau."

Den Rest des Nachmittags verbrachten sie damit, sich gegenseitig auf den neuesten Stand zu bringen und Pläne zu schmieden.

„Ich werde falsche Papiere für Jan besorgen", sagte Stan.

„Glaubst du wirklich, er ist hier sicher?" Katrina warf einen Blick über die Schulter, derweil sie ein Festessen für alle vorbereitete.

„Warum sollte er das nicht sein?", fragte Richard. War der Bauernhof der Familie nicht der sicherste Ort für ihn?

„Jemand könnte ihn verraten."

„Oh …"

Stan schüttelte den Kopf. „Ich glaube nicht, dass das ein Problem ist. Jan war wie alt, als sie ihn ins Getto geholt haben? Acht?"

„Sieben Jahre und neun Monate", antwortete Jan.

Richard dachte, dass der Junge sich wie in einem Traum fühlen musste. Endlich durfte er wieder existieren. Er konnte sich nicht vorstellen, wie jemand sich fühlen musste, nach ganzen achtzehn Monaten in einem Versteck, wo man ihn weder sehen, hören oder sonst irgendwie bemerken durfte.

„Es ist sehr unwahrscheinlich, dass jemand sich an ihn erinnert, geschweige denn ihn nach so langer Zeit erkennt. Er hat sich sehr verändert …" Stans Bemerkung ergab Sinn.

„Aber was machen wir mit … Agnieska", flüsterte Katrina mit einem ängstlichen Blick zur Tür. Keiner von ihnen hatte es bisher gewagt, ihren Namen zu erwähnen, aber alle spürten die prickelnde Spannung in der Luft. Sie konnte jetzt jeden Moment an die Tür klopfen – wenn sie es aus dem Lager herausgeschafft hatte.

„Stan, könntest du mit Jan nach oben gehen und ihm sein Zimmer zeigen? Er wird erst einmal in deinem Zimmer schlafen“, sagte Katrina.

Stan nickte und Onkel und Neffe verschwanden die Treppe hinauf, vertieft in fröhliches Plaudern. Katrina war kaum mit dem Kochen fertig und hatte mit Richards Hilfe den Tisch gedeckt, als der Junge die Treppe heruntergeschossen kam und „Meine Ciocia!“ rief.

Katrina eilte zur Haustür und sah eine klapperdürre Frau die Straße entlang auf das Haus zukommen. Richard lachte darüber, wie Jan sich an Katrina vorbeidrängelte und sich der anderen Frau in die Arme warf.

„Tante Agni, du bist hier!“, rief Jan und führte sie ins Haus. „Du bist hier. Ich habe dich so vermisst!“

Richard lächelte. Der Junge war weniger als vierundzwanzig Stunden ohne seine Tante gewesen, aber es war ihm vermutlich wie ein ganzes Leben vorgekommen.

Die Familie Zdanek küsste und umarmte sich, bis Agnieska sich an Richard wandte. „Sie müssen der mutige Mann sein, von dem die Hebamme mir erzählt hat.“ Sie griff seine Hand mit beiden Händen und küsste seinen Handrücken, den Tränen nahe. „Ich werde für den Rest meines Lebens in Ihrer Schuld stehen dafür, dass Sie Jan und mich gerettet haben.“

Richard grinste, um seine Verlegenheit zu kaschieren, und zog seine Hand aus ihrem Griff. „Das war doch nicht der Rede wert.“

Sie öffnete den Mund, um zu protestieren, doch als sie ihm in die Augen sah, schien sie zu verstehen und nickte. „Wie dem auch sei, danke.“

„Wie bist du rausgekommen?“, fragte Katrina.

„Zu Fuß."

Richard konnte die zierliche, dunkelhaarige Frau nur bewundern, die aussah wie eine wandelnde Vogelscheuche. Trotz allem hatte sie weder ihren Humor verloren noch den eisernen Willen, der es ihr ermöglicht hatte, nicht nur Jahre der Mangelernährung, Knochenarbeit, beengte Wohnverhältnisse und katastrophale sanitäre Bedingungen zu überleben, sondern darüber hinaus die ganze Zeit ihren Neffen zu verstecken und durchzufüttern, womit sie letztendlich sein Überleben gesichert hatte.

Agnieska sah Richard an, als ob sie seine Erlaubnis brauchte, um die Information preiszugeben. Er sah nichts, was dagegensprach, und nickte. „Richard hier und die Hebamme haben mir irgendwie eine Angestelltenuniform und einen Ausweis besorgt und als die Tagschicht zu Ende war, bin ich einfach mit allen anderen hinausgegangen. Dann habe ich alles zurück zu Magda gebracht und das Kleid angezogen, das sie mir gegeben hat."

„Das Abendessen ist fertig", unterbrach Katrina ihre Erzählung.

„Der Ärger geht los, wenn du heute Abend nicht im Ghetto auftauchst." Stan trug einen zusätzlichen Stuhl in die Küche.

„Niemand wird sich heute Abend darum scheren. Aber ja, meine Abwesenheit wird morgen früh bemerkt werden", erwiderte Agnieska.

Alle Erwachsenen sahen sich mit betretenen Gesichtern an. Niemand wollte über die Konsequenzen nachdenken.

„Sie können unmöglich die Flucht mit uns in Verbindung bringen", sagte Katrina schließlich.

„Ich besorge euch beiden gefälschte Papiere, je eher, desto besser", bot Stan zwischen großen Bissen des herzhaften Eintopfs mit Kaninchenfleisch an.

Jan kaute mit vollen Backen. Seine glänzenden Augen verrieten, dass er sich fühlte wie im Paradies. Agnieska schien jedoch unfähig, sich zu entspannen. „Wir können hier nicht bleiben. Sie könnten kommen und euch nach mir befragen. Unsere Anwesenheit hier bringt euch alle in Gefahr."

Das war ein gutes Argument. Sobald ihr Fehlen bemerkt würde, käme die Gestapo ganz sicher hierher um die Familie zu befragen.

„Ihr bleibt hier, bis Stan Papiere für euch hat", entschied Katrina. „Wenn jemand auf den Hof kommt, versteckt ihr euch in der Vorratskammer unter der Falltür."

„Wir wissen, wie man sich versteckt, nicht wahr, Jan?"

Der Junge nickte. „Tante Agni hat mich eineinhalb Jahre versteckt. Könnt ihr euch das vorstellen? Ich musste immer still sein und durfte nie rausgehen."

Es brach Richard das Herz. Was für ein unvorstellbares Martyrium für einen lebhaften Jungen in Jans Alter. Nach dem Essen gingen Agnieska und Jan nach oben, um dringend benötigten Schlaf zu bekommen. Jan würde sich das Zimmer mit Stan teilen, während Agnieska bei Katrina schlief und Richard ein Zimmer für sich hatte. Er sehnte sich danach, Katrina in die Arme zu nehmen und ihren weichen Körper an seinem zu spüren; ihr zu zeigen, wie sehr er sie vermisst hatte. Er war so lange nicht mit ihr zusammen gewesen, aber bei so vielen Menschen im Haus, insbesondere Stan, würde er noch ein Weilchen warten müssen.

* * *

STAN KEHRTE NOCH vor Tagesanbruch zu seiner Partisaneneinheit zurück, um die Papiere für Agnieska und Jan zu beschaffen. Die anderen blieben auf dem Bauernhof und lebten jeden Moment mit der Angst, entdeckt zu werden.

Nach drei Tagen entspannten sie sich. Wenn die deutsche Polizei bis jetzt nicht da gewesen war, würden sie wahrscheinlich nicht mehr auftauchen. Doch der vierte Tag brachte unerwarteten Besuch. Katrina begrüßte eine sehr aufgeregte Frau Kozlow im Flur.

„Kannst du dir diese falsche Schlange vorstellen?", zeterte Frau Kozlow und platzte in die Küche. Richard hatte gerade noch Zeit, die Falltür zu schließen, die die beiden jüdischen Flüchtlinge verbarg. Er selbst konnte nicht mehr rechtzeitig verschwinden, aber darum hätte er sich nicht sorgen müssen. Die aufgewühlte Frau bemerkte ihn gar nicht. „Sie hat mich vergiftet. Da bin ich mir sicher!"

„Wer hat Sie vergiftet, gute Frau?", fragte Katrina und bot ihr einen Stuhl mit dem Rücken zu Richard an.

„Magda Lenska."

Katrina und Richard schnappten gleichzeitig nach Luft, ehe sie ihm bedeutete, sich aus der Küche zu schleichen. Er wartete, bis Katrina an das Spülbecken getreten war und Wasser mit Zitronenmelisse für Frau Kozlow eingoss. Er stimmte seine Schritte auf ihre ab und drückte draußen den Rücken gegen die Wand. Er wagte es nicht, nach oben zu gehen aus Angst, ein Geräusch zu machen und die Frau zu alarmieren.

„Hier, trinken Sie das, das wird Sie erfrischen", sagte Katrina.

Die andere Frau beäugte das Glas misstrauisch. „Versuchst du auch, mich zu vergiften?"

„Ich? Natürlich nicht." Katrina lachte. „Hier, lassen Sie mich die Hälfte trinken." Sie goss die Hälfte des Wassers in ein anderes Glas und trank es in einem Zug leer.

Doch Frau Kozlow spitzte die Lippen und nippte nur. „Wie ich schon sagte, die hinterhältige Schlange hat mich vergiftet und dann hat sie meine Uniform dieser grässlichen Jüdin gegeben, die nichts Besseres zu tun hatte, als damit zu fliehen."

Katrina sog die Luft ein. „Wie konnte so was passieren?"

„Das ist der Grund, warum die Juden unser Ruin sind, die haben keinen ehrlichen Knochen in sich. Man hat sie noch nicht gefunden, aber wenigstens hat diese gottlose Hebamme bekommen, was sie verdient." Sie spuckte die Worte förmlich aus und lachte dann hässlich.

Selbst von seiner Position im Flur aus konnte Richard spüren, wie Katrina bei dem widerlichen Tonfall erstarrte.

„Was ... was ist mit ihr passiert?"

„Die Gestapo hat sie verhaftet, sobald ich ihnen erzählt habe, was sie mir angetan hat. Ich vermute, sie wird nicht mehr sehr lange am Leben sein. Geschieht ihr recht."

Richard wehrte sich gegen das Verlangen, in die Küche zu stürmen und die rachsüchtige Frau zu erwürgen. Anscheinend hatte Katrina die gleiche Idee, denn ihre nächsten Worte sagte sie mit einer Stimme, die sie nur schwer unter Kontrolle halten konnte. „Arme Frau."

„Arme Frau?" Frau Kozlows Stimme knisterte vor Hass. „Hast du die leiseste Ahnung, was ich durchgemacht habe? Ich musste um meine Arbeit fürchten! Die Deutschen haben zunächst gedacht, ich hätte die ganze Sache geplant. Ich? Habe ich ihnen in den letzten Jahren nicht gut gedient? Mich nie über die Bezahlung oder die Überstunden beschwert? Glauben die, es war leicht für mich, mich ständig mit diesen dreckigen, ungehorsamen Blagen abzugeben?"

„Oh ja, Sie tun mir wirklich leid. Das Leben war so schwer für Sie", säuselte Katrina übertrieben süßlich.

„Nun, ich versuche, mein Schicksal mit hoch erhobenem Kopf zu ertragen. Danke für das Wasser", sagte die Frau und Richard hörte ihren Stuhl über den Holzboden kratzen. Er glitt in die Ecke unter der Treppe. Es war besser, ihr aus dem Weg zu gehen.

Sobald sie gegangen war, schloss Katrina die Haustür hinter ihr ab und fiel zitternd in Richards Arme. Tränen strömten über ihr Gesicht, als die Anspannung der letzten Tage durch den Damm ihrer Selbstbeherrschung brach.

„Psst, mein Liebling, sie ist weg. Es ist vorbei." Seine sanften Worte beruhigten sie, während er ihre Haare streichelte, aber er wusste, dass es noch lange nicht vorbei war. Es war nur eine Frage der Zeit, bis die Gestapo die Verbindung zwischen Agnieska und der Familie Zdanek herstellte. Je eher sie und Jan den Hof verließen, desto sicherer für alle. Er betete, dass Stan mit den gefälschten Papieren zurück sein würde, bevor die Deutschen sie suchen kamen.

Katrinas Schluchzen ebbte ab und er drückte ihr einen Kuss auf die Stirn. „Komm, Liebling, wir müssen Agnieska und Jan aus ihrem Versteck lassen."

„Oh ... die habe ich ganz vergessen." Katrina legte eine Hand auf ihr Herz. „Armer Jan. Er muss jedes boshafte Wort dieser Frau gehört haben. Er ist so jung ..."

„Er ist jung, aber er ist widerstandsfähig. Mit der Zeit wird er vergessen. Das ist der Vorteil der Jugend", sagte Richard und ging in die Küche, um die Falltür zu öffnen. Für sich selbst hoffte er nicht auf das Geschenk des Vergessens. Die Kämpfe waren eine furchtbare Erfahrung gewesen, aber wenigstens war er nach jeder erschöpfenden Schlacht in einen totengleichen Schlaf gefallen. Vor ein paar Wochen hatten die Schrecken, die er erlebt hatte, allerdings angefangen, ihn nachts zu verfolgen. Er hatte Angst einzuschlafen, denn seine gefallenen Kameraden besuchten ihn in seinen Albträumen, die Münder aufgesperrt in stummen Schreien, die Gesichter entstellt, mit fehlenden Gliedmaßen.

Er zwinkerte, um die Bilder zu vertreiben, und zog die Falltür auf, um die beiden blassen und sichtlich erschütterten Menschen aus ihrer Gefangenschaft zu befreien.

Viel später an diesem Abend, als Jan schon oben schlief, saßen die drei Erwachsenen um den hölzernen Küchentisch.

„Jan und ich werden weggehen, sobald Stan mit unseren Papieren zurückkommt", sagte Agnieska und legte ihre knochigen Hände um einen Becher Kräutertee.

„Das könnt ihr nicht – wo wollt ihr denn hin?", fragte

Katrina und Richards Herz zog sich bei dem gequälten Ausdruck in ihren Augen zusammen.

„Ich habe noch Freunde in Warschau. Nichtjüdische Freunde. Mit unseren neuen Papieren können wir dorthin gehen und bei ihnen wohnen."

Richard wusste, dass es so am besten war. Die erneute Trennung würde schmerzen, aber seit die Hebamme in den Händen der Gestapo war, waren sie hier nicht mehr sicher. Auch er war es nicht … oder Katrina. Ihm liefen heiße und kalte Schauer durch den Körper bei dem bloßen Gedanken an seine Geliebte in den Händen dieser Unmenschen. „Katrina und ich sollten auch verschwinden."

Zwei Köpfe schossen herum, um ihn anzusehen.

„Wenn die Gestapo Magda gefoltert hat, hat sie ihnen vielleicht meinen Namen verraten. Und deinen. Sie mögen Rohlinge sein, aber sie sind nicht dumm. Sie werden die Verbindung zwischen der Hebamme, Agnieska, Frau Kozlow und dir bald genug erkennen.

„Ich kann hier nicht weg. Ich muss den Hof am Laufen halten. Jemand muss die Partisanen ernähren", sagte Katrina und schob die Unterlippe vor.

„Glaubst du nicht, dass du dem Untergrund besser dienst, wenn du frei und lebendig bist, als in den Händen der Gestapo?" Agnieska legte ihre Hand auf Katrinas. „Ich weiß, wie schwer es ist, alles zurückzulassen, wofür man so hart gearbeitet hat, aber manchmal ist es das Beste."

„Nein. Und das ist mein letztes Wort." Katrina knallte ihren Becher auf den Tisch.

KAPITEL 27

Am nächsten Tag kehrte Stan mit einem Grinsen auf dem Gesicht zum Bauernhof der Familie zurück und wedelte mit zwei Ausweisen.

„Wo ist Jan?", fragte er, während er sich nach dem Jungen umschaute.

„Der hängt irgendwo mit Tadzio rum", antwortete Katrina. „Die beiden sind in den letzten Tagen beste Freunde geworden."

„Also, warum schaut ihr dann, als wäre jemand gestorben?", fragte Stan nach einem Blick in die betretenen Gesichter der drei Erwachsenen.

„Weil jemand gestorben ist ... Magda Lenska wurde von der Gestapo geschnappt und heute Morgen hat man ihre Leiche an einer Straßenlaterne in der Stadt aufgeknüpft gefunden."

Stan schluckte und setzte sich abrupt auf einen Stuhl. „Die gute Seele. Wie? Warum?"

„Frau Kozlow hat sie verraten", presste Katrina hervor.

„Diese elende, hinterhältige Ziege!" Stan sprang auf, wobei der den Stuhl umwarf, und schlug mit der Faust auf den Tisch. „Ich werde dafür sorgen, dass sie bekommt, was ihr zusteht."

Richard stellte sich in den Türrahmen aus Angst, der große

Mann könnte in diesem Moment zur Tür herausstürmen und der verräterischen Nachbarin einen unerfreulichen Besuch abstatten. „Nicht. Sie ist es nicht wert."

Stan sah ihn mit blutunterlaufenen Augen an. „Machst du mit ihr gemeinsame Sache, Fritz?"

„Nein. Niemals. Und ich dachte, wir hätten die Feindseligkeiten hinter uns gelassen?"

Stan knurrte nur irgendetwas Unverständliches, hielt sich aber zurück.

„Du kannst dich später an Frau Kozlow rächen, erst müssen wir alle an einen sicheren Ort schaffen. Tatsächlich werden Agnieska und Jan heute noch nach Warschau aufbrechen, jetzt wo du die Ausweise für sie besorgt hast. Katrina und ich sollten den Hof ebenfalls verlassen", erklärte Richard.

„Seit wann hast du denn hier das Sagen?"

„Seit ich der Einzige bin, der noch klar denken kann. Und bevor du dich wieder aufregst: Ich hatte gehofft, dass du mir hilfst, diese eigensinnige Dame dort zu überzeugen", sagte er und zeigte auf Katrina, „den Hof zu verlassen, weil wir hier nicht mehr sicher sind."

Stan schüttelte den Kopf und fuhr sich mit der Hand durch die Haare. Einmal, zweimal, dreimal. „Richard hat recht. Die Gestapo wird herausfinden, dass Agnieska unsere Schwägerin ist und dann ist hier niemand mehr sicher. Vielleicht glauben sie sogar, dass wir nichts damit zu tun hatten, aber verhaften uns trotzdem, nur so zum Spaß. Um ihren Vorrat an Geiseln für die Vergeltungsmorde aufzufüllen."

Katrina wurde blass. Der Privatkrieg zwischen der Heimatarmee und der SS hatte absurde Dimensionen angenommen. Für jedes Attentat auf einen Deutschen wurden zehn bis zwanzig polnische Zivilisten erschossen. Normalerweise wurden die in der Stadt aufgetrieben und jeder polnische Mann, der das Pech hatte, draußen zu sein, wurde später erschossen. Aber die Gestapo half ihren Freunden von der SS gern aus, indem sie ihnen Geiseln für die Vergeltungsmaßnahmen zur Verfügung stellte. Die meisten von ihnen waren möglicherweise sogar dankbar für das schnelle Ende, nachdem sie Tage oder Wochen von der Gestapo gefangen gehalten worden waren.

„Ich gehe nicht. Ich muss die Partisanen mit Essen versorgen."

„Denk doch mal nach, Schwesterherz. Du nützt uns viel mehr, wenn du lebst, statt dass du tot oder in irgendeinem deutschen Arbeitslager bist. Du kannst auf Bartosz' Hof gehen. Seit er und seine beiden Brüder untergetaucht sind, könnte seine Mutter die ein ... oder andere Hilfe gebrauchen", sagte er nach einem kurzen Blick auf Richard.

„Und wer kümmert sich um unseren Hof?" Katrina sprach das aus, worüber niemand nachdenken wollte.

„Darüber sorgen wir uns ein anderes Mal. Vorerst können Tadzio und seine Mutter hier das Nötigste erledigen." Stan wandte sich an Agnieska. „Pack deine Sachen. Ich kann dich wahrscheinlich auf einer Kutsche nach Warschau unterbringen, aber das muss gleich morgen früh passieren. Wir machen uns in einer halben Stunde auf den Weg."

Hektik brach in dem kleinen Haus aus. Agnieska packte die wenigen Dinge, die sie besaß, zusammen, hauptsächlich Kleider, die Katrina ihr geschenkt hatte, und ein paar Hosen und Hemden, aus denen Tadzio herausgewachsen war. Der Nachbarsjunge mochte genauso alt sein wie Jan, aber vier Jahre Hunger zeigten sich deutlich in der unterschiedlichen körperlichen Entwicklung der beiden.

Katrina bereitete Brote für die Reise und zwei Decken für die Nächte vor und steckte die Finger dann tief in den Mehltopf, aus dem sie ein paar Zlotyscheine und einen dünnen goldenen Ring fischte.

„Das kann ich unmöglich annehmen", protestierte Agnieska.

„Doch, das kannst du. Das war Ludmilas Ehering. Er wird dir gute Dienste leisten für euren Neuanfang in Warschau."

„Danke." Mit Tränen in den Augen nahm Agnieska den Ring und verstaute ihn in einer Geheimtasche in ihrem Kleid. Sie wandte sich schnell ab und tat so, als müsste sie die Kleider in ihrer Tasche ordnen.

Tadzio und Jan kamen zum Hof gerannt, die Wangen gerötet, die Haare zerzaust. Atemlos sprang Jan seinem Onkel Stan entgegen und rief: „Ich muss dir was zeigen, komm …"

„Das geht nicht." Stan kniete sich neben den Jungen. „Wir müssen sofort los. Hier ist es nicht mehr sicher. Verabschiede dich von Tadzio."

Jan bekam feuchte Augen, aber nickte mutig und umarmte seinen Freund zum Abschied. „Wir sehen uns nach dem Krieg. Wartest du auf mich?"

„Klar warte ich. Keine Sorge. Ich werde die elenden Deutschen von hier fernhalten." Tadzio reckte eine Faust in die Luft und Richard konnte sein Grinsen nicht unterdrücken.

Bevor Stan mit Agnieska und dem Jungen ging, wandte er sich an Richard und sagte: „Habt bis morgen Abend alles gepackt. Ich werde mit jemandem zurückkommen, der dich und Katrina zu Bartosz' Hof bringt."

„Danke, Stan." Während sie sich in aller Kameradschaft ansahen, wurde Richard klar, dass er von Katrinas Bruder nichts mehr zu befürchten hatte. Der andere Mann hatte eingelenkt und ihn als Familienmitglied akzeptiert.

Dann waren Katrina und Richard allein. Nach so vielen Tagen, in denen die Hütte mit Gesprächen und Gelächter gefüllt gewesen war, wirkte die Stille fremd.

„Ich vermisse sie jetzt schon", sagte Katrina.

„Ich auch, aber sieh es positiv. Ich kann endlich wieder das Bett mit dir teilen."

Sie wurde rot und sah weg. „Wie kannst du jetzt an so etwas denken?"

Doch im nächsten Moment lag sie in seinen Armen und er

trug sie die Treppe hinauf. „Gott, ich habe dich so vermisst, Katrina."

Er legte sie aufs Bett und küsste sie sacht auf die Wange, hob dann ihr Gesicht an, damit sie ihn ansah. Dann presste er seine Lippen auf ihre. Er spürte, wie ihr Körper nachgab, und vertiefte seinen Kuss. Seine Hand glitt unter ihr Kleid, die Schenkel hinauf und strich über ihre Hüften, den Bauch und die Rundung ihrer Brüste.

„Ich liebe dich, Richard", flüsterte Katrina, während sie die Arme hob, damit er ihr das Kleid ausziehen konnte. „Ich bin die glücklichste Frau der Welt, weil ich dich wieder hier bei mir habe."

Die ganze Nacht lang machten sie sich wieder mit ihren Körpern vertraut. Als sie endlich einschliefen, hoffte Richard, dass die Albträume ihn mit Katrina in seinen Armen in Ruhe lassen würden. Er döste mit ihrem süßen Duft in der Nase ein und betete, dass die Wärme ihrer Haut an seinem Körper ihn im Hier und Jetzt erden würde.

Dennoch griffen die Albträume an und er erwachte schwitzend und zitternd. Katrina lag ruhig und gleichmäßig atmend an seiner Seite, also hoffte er, dass sie nichts von seinem inneren Kampf mitbekommen hatte. Er wollte sie mit seinen Problemen nicht belasten. Kriegstrauma nannte man das. Oder Kriegsmüdigkeit. Normalerweise fing es erst nach dem Krieg an – jedenfalls war es nach dem Weltkrieg so gewesen.

Er ließ seine Hände über ihre wunderbaren Kurven wandern und kuschelte sich eng an sie. Solange sie bei ihm war, würde er seine Albträume überwinden – eines Tages. Vielleicht würde er sogar vergessen können.

Am nächsten Morgen gab Katrina Tadzio Anweisungen, wie er sich um die verbliebenen Kaninchen und den Gemüsegarten kümmern musste. Die Hälfte der Kaninchen und die Hennen würden sie mit zu Bartosz' Hof nehmen, da sie nicht als Bittsteller dort aufkreuzen wollten.

Tadzio hielt sich tapfer und ging durch den Hinterhof, um über die Felder nach Hause zu gehen. Er hatte gerade die Hecke erreicht, die als Grenze zwischen ihren Grundstücken diente, da kam er zurückgerannt, winkte mit den Händen in der Luft und schrie, „Deutsche Soldaten!"

„Scheiße!", sagte Richard, als er den Wagen sah, der den Feldweg entlang geschossen kam und eine Staubwolke hinter sich herzog. Mit quietschenden Bremsen kam er vor dem Bauernhaus zum Stehen und Richard winkte Tadzio zu, dass er sich nach Hause schleichen sollte.

Im nächsten Moment drohte lautes Hämmern die Haustüre einzuschlagen. Richard eilte hinein, obwohl er wusste, dass er sich verstecken sollte. Aber verstecken war sinnlos. Er hatte die Soldaten gesehen, und sie mussten auch ihn gesehen haben. Es war besser, sich normal zu verhalten und sich anzuhören, was sie zu sagen hatten.

Katrina hatte bereits die Tür für eine Gruppe von SS-Soldaten geöffnet, die mit ihren schweren Stiefeln hereingepoltert kamen und dicke Dreckklumpen auf dem blanken Küchenboden hinterließen. Erleichtert bemerkte Richard, dass er keinen von ihnen je zuvor gesehen hatte.

„Wie kann ich Ihnen helfen?", fragte Katrina mit ernstem Gesicht auf Polnisch, aber Richard konnte ihr die Aufregung an der starren Haltung und der Hand ablesen, die sich an den Tisch klammerte. Trotz der brenzligen Situation füllte sich sein Herz mit Wärme, während er diese tapfere Frau ansah, die er so sehr liebte. Wie immer weigerte sie sich, mit den Besatzern Deutsch zu sprechen, aber sie waren vorbereitet. Zwei der Männer gehörten zur blauen Polizei und einer von ihnen sprach sie auf Polnisch an. „Wo ist deine Schwägerin?"

Katrina schob ihre Unterlippe vor und warf dem Sprecher dolchartige Blicke zu. „Solltest du das nicht wissen, Aleksy? Du hast sie doch vor Jahren ins Ghetto geschleift."

„Tu nicht so unschuldig, Katrina. Sie ist geflohen und wir wissen, dass sie hierhergekommen ist."

„Ich habe sie seit dem Tag nicht mehr gesehen, als du sie mitgenommen hast", sagte Katrina. Ihre Lüge war überzeugend genug, um das selbstgefällige Grinsen von Aleksys Gesicht zu wischen, während er sich umdrehte und ihre Worte für die SS übersetzte.

„Wir glauben dir nicht", sagte Aleksy schließlich und der deutsche Soldat, den Richard an seinen Abzeichen als SS-Untersturmführer erkannte, winkte seinen Männern zu und rief, „Durchsucht das Haus! Jeden Winkel. Wenn ihr auch nur eine Spur der verschwundenen Jüdin findet, reißt sie in Stücke, und die hier auch." Die meisten Männer verteilten sich im Haus. Nur der Anführer, der polnische Polizist namens Aleksy und ein weiterer SS-Mann mit einem Gewehr im Anschlag blieben in der Küche zurück.

Der Untersturmführer ging einen Schritt auf Katrina zu, nahm ihr Kinn zwischen Daumen und Zeigefinger und hob die Hand, bis ihre Zehenspitzen kaum noch den Boden berührten. „Du weißt, was die Strafe für das Verstecken von Juden ist?"

Richard konnte sich nicht mehr zurückhalten, als er sah, wie Katrina nach Atem rang. Er trat vor und sagte auf Deutsch mit schwerem polnischem Akzent, „Herr Untersturmführer, bitte lassen Sie sie los. Wir verstecken keinen Juden."

„Und wer bist du? Dich habe ich hier noch nie gesehen", fragte Aleksy.

„Ri … Ryszard Blach, ich bin Katrinas Vetter", sagte Richard. Gerade noch rechtzeitig erinnerte er sich daran, seine falsche Identität zu nennen.

„Papiere", forderte der deutsche SSler.

„Ich … ich habe keine mehr. Mein Haus ist bei einem Bombenangriff abgebrannt mit allem, was darin war." Richard bebte innerlich bei seiner lahmen Ausrede, aber ihm fiel nichts Besseres ein. Warum hatte er Stan nicht gebeten, auch für ihn falsche Papiere zu besorgen? Diese Nachlässigkeit konnte ihn jetzt das Leben kosten.

„Hmm." Der Deutsche ließ Katrinas Kinn los und sie stürzte zu Boden, wollte sich aber gleich wieder aufrappeln. Er sah sie an, als wäre sie ein räudiger Hund und trat sie mit seinem schlammigen Stiefel. Richard konnte sich kaum davon abhalten, dem Mann an die Gurgel zu gehen. Das wäre ein sicheres Todesurteil, nicht nur für ihn. Also biss er die Zähne zusammen und sah weg.

„Verschwinde aus meinem Blickfeld, du dreckiges Weib", befahl der Offizier und trat gleich noch einmal nach ihr. Sie unterdrückte einen Schrei und kroch davon, bis sie die Hintertür erreichte.

„Nicht so eilig", sagte der Offizier, als sie die Tür öffnen wollte. „Jetzt zu dir", sagte er gedehnt und nahm sich Zeit, um Richard herumzugehen und ihn von allen Seiten zu inspizieren. „Kein Jude", murmelte er und kam vor Richard wieder zum Stehen. „Bist du sicher, dass du kein Volksdeutscher bist, der sich nicht registriert hat? Darauf steht die Todesstrafe."

Richard schluckte. Von diesem speziellen Gesetz hatte er noch nie gehört, aber war das nicht egal? Der Untersturmführer hatte alle Macht, sich diese Dinge auszudenken. Wer würde sich schon beschweren? Sicherlich kein zu Tode verängstigter polnischer Bauer. „Herr Untersturmführer nein. Wenn ich Volksdeutscher wäre, hätte ich mich bestimmt registriert."

„Wie alt bist du?"

„Fast neunzehn."

„Nun, nun", sagte der Offizier mit einem dreckigen Grinsen, „Herzlichen Glückwunsch. Du bist gerade den Rängen der SS beigetreten. Genauer gesagt der Dirlewanger Brigade."

„Nein … Herr Untersturmführer …" Richard spürte, wie er bleich wurde. Alles, nur das nicht. Da ließ er sich lieber erschießen.

„Deine Wahl." Der Offizier zeigte auf Katrina, die noch

immer wie Espenlaub zitternd an der Hintertür stand. „Du kämpfst für das Reich oder das Stück Dreck da wird in der Stadt im Freudenhaus dienen. Wir haben ständig Mangel an willigen Mädchen."

„Dann kämpfe ich lieber …", sagte Richard.

„Schade, ich hatte mich schon drauf gefreut, es eine Runde mit deiner Cousine zu treiben. Vielleicht möchtest du zusehen?"

Richard ballte seine Hände zu Fäusten. Wenn der SS-Offizier auch nur die Hand nach Katrina ausstreckte, würde er ihn mit bloßen Händen erwürgen, und wenn es das Letzte war, was er in seinem Leben tat.

„Untersturmführer, wir haben nichts gefunden", sagte einer der zurückkehrenden SS-Männer, während acht oder zehn der Männer in die Küche getrampelt kamen. Es gab eine kurze Diskussion, dann stellten einige der Männer die Küche auf den Kopf und durchwühlten die Schubladen nach Wertsachen.

„Lasst uns verschwinden. Der da kommt mit und hilft bei den Kriegsanstrengungen, und das Mädchen …" Der Offizier sah sich um, aber Katrina hatte den Aufruhr genutzt, um durch die Tür ins Freie zu schlüpfen. Mit einem letzten Blick hatte sie Richard um Entschuldigung gebeten, ehe sie zu Tadzios Haus gerannt war.

Die Soldaten führten Richard zum Militärfahrzeug ab, während er sich ausmalte, was der sadistische Dirlewanger mit ihm anstellen würde, sollte er ihn wiedererkennen. Doch seine Sorgen wurden bald von einem SS-Mann überschattet, der mit einem brennenden Strohbündel das reetgedeckte Dach des Bauernhauses anzündete.

Die Zeit stand still, während Richard betete, dass das nur wieder einer seiner quälenden Albträume war.

KAPITEL 28

Nachdem er grob auf die Ladefläche des Lasters geworfen worden war, kauerte Richard in einer Ecke. Beim Anblick des schwarzen Rauchs, der über dem Hof in der Luft stand, traten ihm Tränen in die Augen. Nach einer Weile durchfuhr der Laster ein winziges Dorf.

„Stopp!", rief jemand. „Ich habe Hunger." Die anderen Männer stimmten in das raue Gelächter ein. „Und ich habe Durst", rief ein anderer. Zigaretten wurden angezündet und ein mitfühlender Mann schob Richard ebenfalls eine zwischen die Lippen, nachdem er ihn an den Laster gefesselt und gesagt hatte: „Warte hier. Sind gleich zurück."

Alle Männer sprangen vom Wagen und schwärmten in die Häuser der Dorfbewohner aus, die sie nach Essen und Alkohol durchsuchten. Ihr Anführer machte keine Anstalten, sie daran zu hindern, sondern lehnte sich im Fahrerhäuschen zurück und stopfte sich eine Pfeife.

Richard versuchte, seine Hände freizubekommen, aber erfolglos. Der SSler hatte eindeutig schon öfter Gefangene bewegungsunfähig gemacht. Vor Verzweiflung schlug Richard den Kopf gegen die Wand des Fahrerhäuschens und zog dann an seiner Zigarette. Seit er bei Katrina lebte, hatte er das Rauchen aufgegeben, aber jetzt war er dankbar für das kratzige Gefühl in seinem Hals. Die Zigarette würde schon bald den Hunger dämpfen, der in seinem Bauch zu rumoren begann.

Ein oder zwei Stunden später kehrten die SS-Männer mit zufriedenem Gesichtsausdruck zurück. Einige hatten Beute in Form von Wodkaflaschen dabei. Sie stiegen in den Laster, wobei sie schubsend um die besten Plätze rangelten.

„He du, Polacke, geh mir aus dem Weg", sagte jemand.

„Das würde ich ja, wenn ihr meine Fesseln lockern würdet", antwortete Richard.

Der andere sah ihn an und nickte. „Weißt du was? Versuch zu fliehen und wir werden uns einen Spaß draus machen herauszufinden, wie viele Kugeln du verkraftest, bevor du stirbst."

„Verstanden."

Der Laster setzte sich wieder in Bewegung und bei dem Geruckel auf dem Feldweg war Richard froh, dass er seine Hände benutzen konnte, um die Stöße abzufangen. Plötzlich machte der Laster eine Vollbremsung. Der Fahrer fluchte. Alle sprangen heraus, um das Problem zu begutachten. Den Gefangenen hatten sie dabei völlig vergessen. Ein riesiger Baumstamm lag quer über dem Weg und blockierte effektiv ihr Weiterkommen.

Richard kroch geduckt an den Rand der Ladefläche, wo ein geschwärztes Gesicht mit dunkelbraunen Augen ihn anstarrte. Er war noch nie so froh gewesen, seinen Erzfeind zu sehen.

„Komm raus", zischte Stan.

Richard brauchte keine zweite Aufforderung. Er rutschte von der Ladefläche und folgte Stan ein paar Dutzend Meter in den Wald, wo ein Pferd graste. Richards Augen wurden rund, als Stan auf das Pferd stieg, eine Hand ausstreckte und „Steig auf" sagte.

Sekunden später saß er hinter Stan – er hatte keine Ahnung

wie – und klammerte sich mit aller Kraft an Katrinas Bruder, während das Pferd in den Wald galoppierte. Nach einem endlosen Ritt, währenddessen Richards Beine und Hintern taub wurden, hielt das verrückte Pferd endlich an und Richard ließ sich auf den sicheren, unbeweglichen Boden fallen.

„Das war nicht schlecht, oder Grüngesicht?" Stan grinste ihn an und stieg ebenfalls ab.

Richard lehnte sich an einen Baumstamm und konzentrierte sich darauf, sein Gleichgewicht wiederzuerlangen. Wer hätte gedacht, dass ein Ritt auf einem Pferd einer Achterbahnfahrt glich? Ein paar Minuten später fand er endlich seine Stimme wieder. „Danke, dass du mir das Leben gerettet hast, Stan."

„Nicht der Rede wert." Stan machte eine wegwerfende Geste, obwohl sie beide wussten, dass es absolut der Rede wert war.

„Woher wusstest du Bescheid?"

„Das war nicht schwer zu erraten. Die Rauchsäule stand hoch in der Luft und ich bin zum Hof gerannt, war aber zu spät. Das Dach ist zerstört und die Flammen fraßen sich bereits in die Holzbalken. Ist jetzt wahrscheinlich alles weg." Stan verzog das Gesicht. Das Bauernhaus hatte über hundert Jahre Wind und Wetter getrotzt – bis die plündernden SS-Bastarde gekommen sind.

„Katrina?" Richard hielt die Luft an, während er auf die Antwort wartete. Erleichterung durchfuhr ihn, als er Stans Grinsen sah.

„Der gehts gut. Bist immer noch mächtig verliebt, was Fritz?" Stan sprach die Beleidigung anerkennend statt mit dem üblichen Groll.

„Das werde ich immer sein. Sie ist eine feine Frau und ich kann mir nicht vorstellen, je wieder ohne sie leben zu müssen."

Stan seufzte übertrieben und sagte: „Da kann ich dann wohl nichts machen. Hier kommt sie auch schon."

Das Geräusch klappernder Hufe wurde lauter und stoppte dann. Eine Kutsche stand einige Meter entfernt auf einem festgestampften Pfad, den Richard zuvor nicht bemerkt hatte. Katrina sprang herab und flog ihm in die Arme, wobei sie ihn fast umwarf.

„Liebling, mein Liebster, du bist hier. Du lebst." Sie überschüttete ihn mit Küssen, ehe sie ihn losließ und sich ihrem Bruder zuwandte, der beide Hände hochhielt, um sie davon abzuhalten, ihm die gleiche Behandlung angedeihen zu lassen. „Stan, das vergesse ich dir nie." Katrinas Tränen begannen zu kullern und beide Männer kämpften mit ihren eigenen Gefühlen.

„Kommt schon, ich habe nicht den ganzen Tag Zeit", rief jemand vom Kutschbock.

„Das ist Bartosz. Er wird uns zu seinem Bauernhof mitnehmen", sagte Katrina und nutzte den Moment der Ablenkung, um ihrem Bruder die Arme um den Hals zu legen. „Ich danke dir vielmals, Stan. Ich weiß, wie sehr du Richard gehasst hast. Umso dankbarer bin ich, dass du ihn gerettet hast."

„Steig auf die Kutsche", befahl Stan und wand sich aus ihrer Umarmung, sichtlich verlegen über ihren emotionalen Ausbruch. Dann wandte er sich an Richard. „Pass gut auf sie auf, hörst du?"

„Du weißt, dass ich sie mit meinem Leben verteidigen werde."

Stan nickte. „Das solltest du besser tun. Wenn du ihr jemals wehtust, werde ich kommen und das beenden, was deine Landsleute angefangen haben."

„Nicht nötig", schmunzelte Richard. „Pass auf dich auf. Ich hoffe, dieser Krieg ist bald zu Ende und wir können alle mit unserem Leben weitermachen." Er wusste, dass es nicht so einfach werden würde, und er wusste auch, dass niemand so tun könnte, als sei nichts gewesen. Aber trotzdem hoffte er auf einen Neuanfang – mit Katrina. Ohne einen Blick zurück kletterte er auf die Kutsche, wo Katrina bereits inmitten der Dinge auf ihn wartete, die sie aus ihrem Zuhause hatte retten können, ehe es abgebrannt war.

Die Fahrt dauerte mehrere Stunden und Richard streckte sich mit der Frau im Arm auf dem Rücken aus, die er so sehr liebte. Das Schaukeln und Rumpeln der Kutsche machte die Fahrt beinahe romantisch, wären da nicht die gackernden Hühner und quiekenden Kaninchen gewesen.

„Ich hoffe, wir überleben diesen elenden Krieg. Ich wünsche mir so, meine Familie wiederzusehen", sagte Richard und sah hinauf in den Himmel. „Und ich freue mich darauf, mit dir in friedlicheren Zeiten zusammen zu sein."

„Nun, da werde ich intensiv drüber nachdenken müssen", stichelte sie, während sie sich gleichzeitig an ihn schmiegte.

Wärme breitete sich von seinem Herzen beginnend in seinem ganzen Körper aus und er konnte keine Sekunde länger warten. Er sah sie an und fragte: „Katrina Zdanek, willst du mich heiraten?"

Sie kicherte erfreut und drückte einen Kuss auf seine Lippen, ehe sie erwiderte, „Ja. Ja. Ja. Ich würde dich jetzt sofort heiraten, wenn ich könnte, Richard Klausen."

„Wir werden warten müssen, bis das hier alles vorüber ist", warnte er sie, aber sie fing schon an zu träumen.

„Ich stelle mir vor, wie meine und deine Familie sich treffen und einander kennenlernen. Ich will deine Schwestern, deine Eltern, sogar deine Tante kennenlernen, von der du mir erzählt hast. Jeden. Wenn Frieden herrscht, können wir sie in Berlin besuchen oder sie kommen her und verbringen ihre Ferien bei uns. Ich will den Hof eines Tages wiederaufbauen und eine Heilerin werden wie meine Eltern. Denkst du, du könntest dort leben, mein Liebling?"

„Ich werde leben, wo immer du bist, meine Liebste. Ich habe sogar angefangen, das Landleben zu mögen. Es ist zwar harte Arbeit, aber ich habe auch große Pläne für unsere Zukunft. Vielleicht könnte ich eine Schule aufmachen und die Kinder in

Literatur unterrichten. Höhere Bildung wurde in unseren beiden Ländern viel zu lange vernachlässigt", sagte Richard.

„Solange wir beide Zeit für unser Zuhause und die Familie haben." Katrina seufzte. „Ich möchte viele kleine Klausens überall herumlaufen haben. Was hältst du davon?"

„Ich denke, du hast manchmal großartige Ideen, mein Liebling", erwiderte Richard und zog sie enger an sich.

ANMERKUNGEN DER AUTORIN

Liebe Leserin und lieber Leser,

vielen Dank, dass Sie BEHERZTE RETTUNG gelesen haben. Als ich die Reihe *Kriegsjahre einer Familie* begonnen habe, hatte ich nicht vor, Richard ein eigenes Buch zu widmen. Da er an der Front war, dachte ich, er würde einfach dortbleiben.

Aber meine Charaktere überraschen mich gern und tun selten das, was ich von ihnen erwarte. Also hat Richard sich stur in meinen Kopf geschlichen und sein eigenes Buch verlangt. Dieses Buch war schwer zu schreiben, denn es war das erste Mal, dass ich einen Soldaten als Hauptfigur hatte. Es war sozusagen Neuland für mich.

Wo wir gerade von Soldaten sprechen: Johann Hauser, Richards Truppenleiter in Lodz/Litzmannstadt, fing auch als Nebenfigur an und bettelte dann darum, in einem weiteren Buch vorzukommen. Sein Wunsch wurde gewährt und Sie werden ihm im nächsten Buch der Reihe wieder begegnen.

Nach meinem Besuch in Warschau, Polen, im Juni 2017, wollte ich diese Geschichte in Warschau ansiedeln, habe aber zu meinem Entsetzen herausgefunden, dass das Warschauer

Ghetto bereits im Frühling 1943 liquidiert wurde, lange bevor Richard überhaupt in Polen ankam.

Zum Glück ergaben meine Recherchen, dass noch ein einziges Ghetto in Polen bis Juni 1944 übrig geblieben war, und das war in Lodz, was die Deutschen nach der Invasion in Litzmannstadt umbenannt hatten, also habe ich die Geschichte dorthin verlegt. Die korrekte Schreibweise der Stadt ist Łódź, doch der Einfachheit halber habe ich die deutsche Schreibweise verwendet.

Selbst heute noch ist der Vorsitzende des Judenrates, Chaim Rumkowski, eine der kontroversesten Persönlichkeiten des besetzten Polens. Er verwandelte das Ghetto in eine Produktivitätsmaschine, die Kriegsbedarf für die Wehrmacht herstellte, denn er glaubte daran, dass deren Nützlichkeit für die Deutschen den Ghettoinsassen das Leben retten würde. Ob er das wirklich glaubte oder die Gelegenheit für seine eigene Macht und seinen Wohlstand ausnutzte, ist umstritten.

Rumkowski wird immer für seine Rede „Gebt mir eure Kinder" in Erinnerung bleiben. In diesem Buch erinnert sich die Hebamme Magda an seine Rede. Es muss für jeden, der dort anwesend war, markerschütternd gewesen sein, besonders für die Eltern, die aufgefordert wurden, ihre Kinder in den Tod zu schicken.

Angeschlossen an das Ghetto war das Kinder-KZ, und während das offizielle Mindestalter acht Jahre war, war der jüngste Gefangene dort ein Junge von zwei Jahren und drei Monaten. Kleine Delikte wie das Stehlen von Lebensmitteln, in den Straßen herumhängen oder sogar die Tatsache, dass die Kinder Waisen waren, wurden leicht zu Gründen, die Kinder in das Lager zu schicken.

Lodz ist übrigens auch der Ort, an dem die Eltern meines Schwiegervaters vor dem Krieg lebten. Zu der Zeit hatte die Stadt einen großen Anteil an Deutschen in der Bevölkerung und viele Menschen in der Gegend waren zweisprachig.

Das Dorf Baluty habe ich zufällig für die Geschichte ausgewählt, aber Massaker wie das Beschriebene passierten überall in Polen und Russland.

Oskar Dirlewanger war eine echte Person und aus meinen Recherchen ist ersichtlich, dass er noch widerlicher war, als ich ihn beschrieben habe. Der Vorfall, bei dem Richard einen unbewaffneten, verwundeten Polen erschießen sollte, geschah tatsächlich während des Warschauer Aufstandes und wurde von dem achtzehnjährigen Soldaten Matthias Schenk bezeugt.

Natürlich habe ich dieses Buch nicht ohne die Hilfe so vieler besonderer Menschen geschrieben. Vielen Dank an Anja Matijczak und ihre Mutter, die die polnischen Wörter und Gerichte auf Korrektheit überprüft haben.

Und wie immer möchte ich meiner fantastischen Coverdesignerin Daniela Colleo von stunningbookcovers.com danken.

Doch meine Danksagungen wären nicht vollständig, wenn ich Sie, meine Leserinnen, nicht erwähnen würde! Vielen Dank für all die Unterstützung, die wundervollen E-Mails, die Ermutigung und lieben Worte. Ich höre so gern von Ihnen!

Ich möchte Ihnen noch einmal danken, dass Sie sich die Zeit genommen haben, mein Buch zu lesen, und wenn es Ihnen gefallen hat, würde ich mich über eine ehrliche Rezension freuen.

Marion Kummerow

NEWSLETTER

Wollen Sie wissen, wie alles anfing mit der Klausen-Familie?

Newsletter-Abonnenten bekommen die Kurzgeschichte "Gewagt Flucht" kostenlos zum Download.

Einfach hier anmelden:

https://marionkummerow.de

BÜCHER VON MARION KUMMEROW

Liebe und Widerstand im Zweiten Weltkrieg

- Band 1: Unnachgiebig
- Band 2: Unerbittlich
- Band 3: Unerschütterlich

Kriegsjahre einer Familie

- Prolog: Gewagte Flucht
- Band 1: Blonder Engel
- Band 2: Dunkle Nacht
- Band 3: Tödlicher Ehrgeiz
- Band 4: Agentin wider Willen
- Band 5: Beherzte Rettung
- Band 6: Tollkühner Aufstand

KONTAKTINFORMATIONEN

Ich freue mich über jede Zuschrift:

Twitter:
http://twitter.com/MarionKummerow

Facebook:
http://www.facebook.com/AutorinKummerow

Website
https://www.marionkummerow.de

www.ingramcontent.com/pod-product-compliance
Lightning Source LLC
LaVergne TN
LVHW091249190726
843491LV00001B/188